中國語言文字研究輯刊

五 編

許錟輝 主編

第18冊

甲、金、籀、篆四體文字的變化研究

陳紹慈 著

花木蘭文化出版社

國家圖書館出版品預行編目資料

甲、金、籀、篆四體文字的變化研究／陳紹慈 著—初版—
新北市：花木蘭文化出版社，2013〔民 102〕
目 2+140 面；21×29.7 公分
（中國語言文字研究輯刊 五編；第 18 冊）
ISBN：978-986-322-521-8（精裝）
1. 古文字學
802.08   102017821

中國語言文字研究輯刊
五 編　　第十八冊　　　　　ISBN：978-986-322-521-8

甲、金、籀、篆四體文字的變化研究

作　　者　陳紹慈
主　　編　許錟輝
總 編 輯　杜潔祥
出　　版　花木蘭文化出版社
發 行 所　花木蘭文化出版社
發 行 人　高小娟
聯絡地址　235 新北市中和區中安街七二號十三樓
　　　　　電話：02-2923-1455／傳眞：02-2923-1452
網　　址　http://www.huamulan.tw 信箱 sut81518@gmil.com
印　　刷　普羅文化出版廣告事業
初　　版　2013 年 9 月
定　　價　五編 25 冊（精裝）新台幣 58,000 元　　版權所有・請勿翻印

甲、金、籀、篆四體文字的變化研究

陳紹慈　著

作者簡介

作者陳紹慈，東海大學中文研究所博士，現任靜宜大學中文系專任助理教授。專書著有《徐灝說文解字注箋研究》（博士論文，花木蘭出版社，2006）及《文學啓示錄》等，其中《甲金籀篆四體文字的變化研究》爲碩士論文。此外，還有單篇論文多篇，如：〈「古書研究」之「書」的定義及範圍初探——以出土簡帛爲主要觀察對象〉、〈「畫」字「畫」文化新探——以先秦文物印證文字形構〉、〈文化文字學的定義與範疇〉。

提　要

　　古代漢字形體的變化是文字學探討的主要課題之一。從民國以來，有多位學者（如：唐蘭、許錟輝及李學勤等）在此方面提出看法，本論文之第二章即述評諸家之說。又本文以甲骨文、金文、籀文與小篆這四種字體爲研究範圍，故於第三章介紹其字體特徵。

　　「變化」包括演變與演化兩大類。「演變」意謂同一個字的字形改換，屬於「形變」。第四章所提到的演變現象包含：循化、訛變、繁化、簡化與造作。「演化」則是指文字的孳乳、分化現象，亦即經由字形的改變產生新字，屬於「質變」。第五章論述的演化現象包括：歧分與轉注，皆是因應精確記錄語言的要求而產生。歧分以改變筆畫或採用異體字等方式形成另一個新字；轉注源於語言孳生（字義使用範圍擴大產生引申義）及文字假借，再用增加或改變意符的方式轉化出新字。第六章進一步探討第四、五章所述各種現象形成的原因，大致可分爲實用、美化與配合字說等三大類。

　　綜合前面幾章的內容及附錄各項下的字數，得到以下的結論：1. 古文字的變化分演變與演化；2. 形變是主要趨勢；3. 古文字的循化是保存文化的主力；4. 訛變造成文字符號化；5. 歧分及轉注可減少學習的負擔等。此外，從造成字形變化的原因（實用、美化）可看到先民在漢字演進過程中展現的智慧。

目
次

第一章　緒　論

第一節　題意的說明

什麼是甲、金、籀、篆四體文字的變化？茲分五點說明於後：

一、甲金籀篆是四種漢字的簡稱——甲金籀篆的全名是甲骨文、金文、籀文、小篆。至於它們的流傳與特徵，留在第三章詳述。

二、四體是四種字體——漢字的字體與字形不同，字體指字的筆勢，字形指字的結構。字體因書寫的材料、工具和藝術風格不同而異，如甲骨文是用刀刻在龜甲上，金文是鑄造在青銅器上，籀文和小篆是用筆寫在竹片布帛上。書寫的工具和材料不同，筆勢（風格）自然不一樣，因此漢字分成許多字體，如甲骨文、金文、籀文、小篆、隸書、楷書等。字形因結構不同而有象形字、會意字、形聲字等。但二者的關係至為密切，不能分割，因此通常合稱為形體。它們的關係如下圖：

　　○：字形
　　□：字體

三、變化包括演變和演化——變化指事物形質的改換，很多學者，研析漢字形體的變化，大都把變化當作一件事，事實上，變與化是不能混同的，依科學家的研究，世上萬物的變化，可分兩種模式：一種是「物理變化」，它的形態

改換，性質不變。如人的幼年、少年、青年以及老年的形態，可能不斷改換，但人的性質不變，人還是人。一種是「化學變化」：它不但形態改換，而且性質也發生顯著的變化。如水分解爲氫和氧，無論形態或性質彼此都不相同。漢字的變化，也有演變與演化之分。演變是字形的改換，字義不變；某一個字的字形雖有改變，但它還是某一個字。如「秦」字的簡化（簡省偏旁「禾」）、「辛」字的繁化（增加筆劃）。演化則是字形改變，字義跟著改變，亦即某一個字的字形改變，某一字不再是某一字，變成另外一個字。如「月」和「夕」的分化、「昏」產生轉注字「婚」。我們稱演變爲「形變」，演化爲「質變」。本文研析字形的變化，是採取變與化分開的辦法，希望能獲得清楚的了解。

四、甲金籀篆是古文字——漢字的發展，可分兩個階段，前一個階段的漢字，稱爲古文字。後一個階段的漢字，稱爲今文字。古文字包括哪些字體？學者的意見不一，有認爲秦篆以前的文字〔註1〕，有認爲先秦以前的文字〔註2〕，有認爲漢武帝以前的文字〔註3〕。龍師宇純先生認爲是隸書以前的文字。不論哪一種說法，都把甲、金、籀、篆看作古文字。因此，本文的題目也可以簡單說成「古文字的變化研究」。

五、不取六國文字的原因——六國文字，也是秦篆以前的古文字，有的學者把它和甲、金、籀、篆混在一起研析，龍師宇純先生對此認爲有待商榷，因爲春秋戰國時期，「諸候力政，不統於王」，「分爲七國，田疇異畝，車涂異軌，衣冠異制，言語異聲、文字異形」。〔註4〕據王國維先生的研究〔註5〕，西土的秦國，地處宗周故地，承繼西周文化，尙用籀文，變化較小，東土的齊、燕、趙、韓、魏、楚等國，則用古文，變化很大，形體結構，和西周金文、籀文、小篆等多不相同，形成一種富有地域性的新文字，如把它和甲、金、籀、篆混在一起研析，材料駁雜不純，勢必影響研析結果的正確性。因此本文不取六國文字爲研究對象。

〔註1〕參見高明著《中國古文字學通論》第4頁。

〔註2〕參見林澐著《古文字研究簡論》第6頁。

〔註3〕參見李學勤著《古文字學初階》第2頁。

〔註4〕參見許慎著〈說文解字敍〉。

〔註5〕參見王國維著〈戰國時秦用籀文六國用古文說〉。

第二節　研究的動機

　　古文字的通行，自甲骨文（公元前一三八四年）到小篆（公元前二〇七年），時間長達一千多年，漢字不斷變化，前一代通行的文字，後一代的人，便已很多不能認識。現代的人，更不用說了。因此古文字如何變化？爲什麼變化？它們的作用與意義如何？不但是古文字學的一個重要課題，也是文字學的重要課題之一〔註6〕。

　　當代許多學者對於古文字的變化，的確做了不少的研究，也獲致輝煌的成就〔註7〕。但還有一些有待商榷之處，茲分述於後：

　　一、運用科學方法，態度不夠嚴謹——古文字的研究，孫詒讓先生主張要研析古文字形體的演變規律，作爲考釋古文字的依據。實事求是，掃除過去隨便推測的惡習〔註8〕。唐蘭先生也認爲古文字的研究，缺乏一貫的理論與一定的標準，沒有系統的理論，無從定出標準，沒有標準，所用的方法就難免錯誤〔註9〕。當代學者，多有共識，無不運用科學方法，探究問題。所謂科學方法，是研究事物現象的一種方法和必經的過程，從開始觀察事物現象、蒐集有關資料，以致處理這些資料，都必須運用各種技術，去發現潛在於事物現象中的規則與秩序，然後給予歸納、整理、分類，進而建立各種有關的科學概念與理論系統。但有些學者態度不夠嚴謹，如把甲骨文和金文的象形字，自行或互相比較，納入簡化與繁化的類型〔註10〕，這種做法並不妥當，因爲甲骨文和金文的象形字，筆畫多少不定，多一畫少一畫，都是那個字。學者選取多一畫的字，繁化字便多，選取少一畫，繁化字便少，這樣研析的結果，又如何能切合事實呢？

　　二、理論缺乏系統——文字的變化理論，要有系統，才能使人深切了解古文字的變化事實與意義。有些學者對此不太重視，如變化是什麼？爲什麼變化？如何變化？有什麼作用？有什麼意義？都沒有一層層的說明，以致令人眼花繚亂，莫測高深。

〔註6〕　參見龍宇純著《中國文字學》第 5 頁。

〔註7〕　如唐蘭先生，龍師宇純先生，裘錫圭先生，李學勤先生。

〔註8〕　參見林澐著《古文字研究簡論》第 5 頁。

〔註9〕　參見唐蘭著《古文字學導論》第 24 頁。

〔註10〕　理由參見本文第一章第三節。

三、根據寫作宗旨，做成結論 —— 有的學者對於古文字的研究，是先定宗旨，再作結論，例如蔣善國先生認爲漢字的演變，是一種形體的簡化作用。他之所以作此結論，據蔣先生自己說，是要鞏固簡體字的基礎和正統地位，加強整理簡體字的信心，以便很快完成簡化的工作〔註11〕。但事實並非如此〔註12〕，像這樣的研究，怎麼能符合事實呢？

四、各種判斷，不依確實的證據 —— 科學研究，必須依據可靠的證據，作成各種判斷。有的學者好像不太重視此一原則。如梁東漢先生過分強調漢字有表音的趨勢，主張漢字已產生由「表意變成標音」的質變，並以唯物辯證法作推論之根據，以配合改拼音文字的政策。這些說法並不正確，都與事實不合。（見第三章述評）

五、應提數據，不提數據 —— 科學研究，必要作比較判斷時，要提出數據，以證明判斷的眞實正確。但大多數學者，都不重視數據，應提數據而不提數據，例如大陸學者多主張：簡化是漢字發展的主要趨勢，顯然未確實作過分析與統計。據筆者分析統計後的數據比較，繁化比簡化的趨勢更明顯。（統計數據見結論）

基上所述，可知古文字的變化研究，尚有待於我們後學，繼承前輩學者的領航，繼續研究，求取發展。

第三節　研究的範圍

爲了避免前述的缺失，本文的研究範圍，儘量縮小，集中在古文字的變化上。茲分研討問題、保留問題、重要原則三項，略述於後：

一、研討問題

（一）古文字的流傳 —— 古文字如何發現？如何流傳？都要依據可靠的資料，摘述要點，以供參考。

（二）古文字的特徵 —— 甲、金、籀、篆四體文字有何特徵？學者多有研析，但不完整。本文要整合各家看法，分條列述。

〔註11〕參見本文第二章第五節。

〔註12〕同註11。

（三）古文字的變化現象——古文字的變化現象如何？應依實際情形，分成若干類型，並列舉字例。

（四）古文字的變化原因——古文字的變化原因爲何？要作深入研析，並列舉字例及說明其作用。

（五）古文字變化的理論系統——古文字變化的各種理論，要綜合成一系統，並詮釋其變化的動機與價值。

二、保留問題

（一）漢字起源問題——古文字的變化研究，可從漢字的起源說起，亦即「從無到有」。也可從漢字的變化說起，所謂「從有到有」，本文採取第二種辦法，有兩個原因，第一個原因是漢字的起源，自古以來，眾說紛紜，如源於姿勢、語言、結繩，始於八卦、書契〔註13〕，或源於圖畫〔註14〕、始於陶文〔註15〕，迄無定論。第二個原因是大都言之成理，持之有故，有原著可以參考，此外又沒有新的發現，本文不擬抄襲掠美。

（二）異體字問題——甲、金、籀、篆四體文字中，都有不少的異體字。所謂異體字，就是同一個音義的不同字形，許慎稱爲「或體」或「重文」。到了小篆，就《說文解字》的收錄，正篆九三五三字中，重文（亦即異體字）多達一一六三字，與篆字的比例約爲九比一〔註16〕。依黃建中、胡培俊兩位先生的看法，異體字的大量出現，是由於不同地區、不同時期的民眾共同創造的，彼此各不相謀，自難避免異體。即使到了秦代，以小篆爲全國的標準字體，文字要求統一，仍有許多異體字的存在，主要原因，或因避繁趨簡，或因癖好仿古，或因音讀分歧，不一而足〔註17〕。根據梁東漢先生的分析，異體字的來源，共有十四類：1. 古今字，2. 義符相近、声符相同或相近，3. 声符的簡化，4. 重複部分的簡化，5. 筆畫的簡化，6. 形聲字保持重要的一部分，7. 增加声符，8. 增加義符，9. 以較簡單的會意字代替複雜的形聲字，10. 義符、声符位置交

〔註13〕參見林尹著《文字學概說》第 5 頁。

〔註14〕參見龍宇純著《中國文字學》第 25 頁。

〔註15〕參見李孝定著《漢字的起源與演變論叢》第 43 頁。

〔註16〕參見黃建中・胡培俊著《漢字學通論》第 224 頁。

〔註17〕同註 16。

換，11. 用新的形聲字代替舊的較複雜的形聲字，12. 假借字和本字并用，13. 重疊式和并列式并用，14. 書法上的差異。〔註18〕

漢字不是一時一地一人所創造，因此需要某一字時，甲時甲地甲人這樣寫，乙時乙地乙人那樣寫，彼此不可能一致。此外，如「何」甲骨文作 🔲，象人荷戈之形，小篆改爲從人可聲的形聲字。「囿」甲骨文作 🔲，小篆變作從口有聲的 🔲，和甲骨文字形完全不同，彼此間看不出演變的跡象。不論前者或後者，都是造字的問題，不在本文的研討範圍，故本文對異體字不擬作深入研討。

（三）沿襲問題——少數字的字形字義，經歷一千多年，自始至終，一點都沒有改變，如一、三等。因它獨立於演變與演化之外，本文不擬作深入研討。

（四）偶傳問題——古文字有一種「偶傳」的現象。所謂偶傳，是指甲骨文、金文兩體中，有多種寫法的字形，其中一種爲後人所採用而延續下來，如「戈」，甲骨文作 🔲、🔲、🔲、🔲，金文作 🔲、🔲、🔲，小篆選用其中 🔲 的寫法而作 🔲，淘汰了其他寫法。因爲它牽涉到字形的選擇和淘汰，與字形的變化無關，本文予以保留，不擬作深入的研討。

三、重要原則

（一）本文爲了提供數據，特就徐中舒先生編的《漢語古文字字形表》，選出已認識的一千多字，每一個字最少必須有兩種字體（甲骨文或金文、籀文或小篆各一體。）最好有四種或三種字體（甲骨文、金文、籀文、小篆），依其字形，去異取同，分成許多類，除用作討論的舉例外，并製成分類字表，附在文後，以供檢查。

（二）本文依字形的變化分類。對甲骨文或金文的象形字，不予列入繁簡的計算，因爲甲骨文或金文的象形字，筆畫（線條）可多可少，并無固定，多取筆畫較簡省的，繁化字即多；反之，簡化字即多，已見前述，如把它們列入計算，勢必流於主觀，影響研析的正確性。如「鳥」甲骨文作 🔲 或 🔲，小篆 🔲 和前者比較，筆劃較少，屬簡化，但和後者比較，則屬繁化，無論歸於繁化或簡化，都不客觀，故這類象形字不列入繁簡的計算。但如籀、篆是根據甲金文的基因加以增繁，可算繁化，不在此限。例如「土」甲骨文作 🔲、

〔註18〕參見梁東漢著《漢字的結構及其流變》第 63 頁至 64 頁。

🔺、▲，象土塊狀，其基因為 ▲，小篆作土，即屬繁化。所謂基因，即一字的基本構造成分，簡乎此者，無法構成說解〔註19〕。本文依字形的變化分類，遇到假借字，如「其」、「而」、「然」等，就其本形本義分類，不管它們的假借或引申義。如「且」字，甲、金文作 🔺，李孝定以為象神主之形〔註20〕。後來借作虛詞，其小篆作 🔺。以字形演變而言，歸入「循化」。

（三）本文依字形的變化分類，遇一字有數種現象，如「蛛」字，依小篆「蛛」字來看其演變，可歸入簡化，依「🔺」來分，可歸入訛變。故「蛛」字歸入兩類，其他同樣情形的例字，也以相同方式處理。

最後應該提到的是筆者學識淺陋，幸蒙龍師宇純先生的諄諄教導，與前輩學者的著作指引，才能完成本文的研究，在此謹致萬分的謝意。

〔註19〕同註5，第179頁至180頁。
〔註20〕參見李孝定著《甲骨文字集釋》第4079頁。

第二章 當代學者對於古文字變化的研究

第一節 唐蘭先生的看法述評

唐蘭先生是當代大陸最負盛名的文字學家，對古文字的研究，有許多精闢的見解。他在《古文字學導論》中主張：古文字的研究，必須有系統的理論和一定的標準。沒有系統的理論，無從定出標準來，沒有標準，所用的方法就難免錯誤。他這種科學的研究態度，非但對後來的學者影響甚鉅，也對文字學理論的建立，有很大的貢獻。他對古文字形體演變的看法，約如後述：

一、《文字學導論》中提出字形演變的規律說 [註1]

（一）輕微漸進地變異：此類文字，雖有古今的不同，但本質不變。它們的歷史是能聯貫的。此類變異包括：

1. 自然的變異：不知不覺的，如 〻 變作 〻，□ 變作 〻。或寫較習見的，而忽略了罕見的。

2. 人爲的變異：

〔註1〕參見唐蘭著《古文字學導論》第 222 頁至 236 頁。

（1）簡易：

    A. 筆畫太肥的，改爲雙鉤或瘦筆。例如： 省做 ，或省做 。

    B. 減少筆畫的數目。例如： 省做 ，更省做 。

    C. 爲求整齊而改變部分的位置。例如： 變做 。

    D. 省去部分：例如： 省作 。

（2）增繁：

    A. 爲趨向整齊而增添筆畫，使疏密勻稱。例如： 增做 。

    B. 因形聲字的盛行而增加偏旁。例如： 增做 。

    C. 增加筆畫或偏旁作爲修飾。例如： 寫作 ，加以小點。

（二）突然有大變化：此類文字的原始形式湮滅，繼之而起的是另外一種形式。它們包括：

1. 較冷僻或罕用的字，常被改爲別的相似的字。例如：鼉本作 ，改爲從黽。

2. 本是圖形文字，因受形聲字影響而加聲符，後來把原本的圖形省略而成形聲字。例如：鳳本作 ，加注凡聲，後世變爲只從鳥凡聲。

3. 本是用圖形表達的象意文字，改爲用声符的形聲文字。例如： 改做從貝 聲的貫。

二、《中國文字學》中提出的文字演化說 〔註2〕

（一）何謂「演化」：「演化」是指文字發展史上常見的微細的差別，和改易的過程。「演化」和「分化」不同，分化是產生出新文字；「演化」的結果，有時也會變成「分化」。「演化」是逐漸的，在不知不覺中推陳出新，到了某種程度，或者由於環境的關係，常常會引起一種突然的、劇烈的變化，亦即「變革」。「變革」是突然、顯著的，但最重要的演化，卻易被忽略。又演化使一字在同時期的同一種字體內，有多種寫法。

（二）繪畫、鍥刻、書寫、印刷：

1. 文字起於圖畫。

2. 商周時，因文字是用鍥刻上去的，使筆畫的肥瘦、結構的疏密、轉

〔註 2〕參見唐蘭著《中國文字學》第 116 頁至 148 頁。

折的方圓、都受到拘束。後來多用毛筆來書寫，因而使籀、篆間架整齊，筆畫圓渾。

（三）行款、形式、結構、筆畫：

1. 行款對漢字的影響：造成簡化。

2. 結構的演化：愈來愈不像圖畫，如「馬」字；或獨體分割成合體，如：「高」字本象高台上有房子，小篆卻分成三截。

3. 筆畫的長短斜正，也是演化中的一個重要因素：如巫：＋變成工字兩旁都作人形。又如「七」怕和「十」混淆，而在筆畫上作了點變化。

（四）趨簡、好繁、尚同、別異：

1. 許多簡化、繁化的字，是受了同化作用的關係。如：「鳳」後來變成從「鳥」，是簡省的同化。凡同化的字，往往是由類推來的。

2. 偏旁的混同，也是一種同化。

3. 別異是文字增多的主因，如：「月」和「夕」。由於意義而歧異的字，如：立→位，令→命。由兩個意義相對而產生分別的，如：「手」分「左」和「右」、反「正」爲「乏」、別「授」於「受」。由於讀音而歧異的字，如：反→叛（增加聲符）、首→頭（改作新字）。

（五）致用、美觀、創新、復古：

1. 文字是致用的工具，所以總是愈寫愈簡單。

2. 文字的演化是不斷地創新，但有時也有復古的傾向。如金文裡常有晚期的字形較近圖畫。

（六）混殽、錯誤、改易、是正、淘汰、選擇：

1. 文字演化得愈簡單，就愈容易混殽。

2. 歷史上不論執政者或學者，常有是正文字的企圖。

3. 淘汰與選擇，在我國文字史上不斷的發展。

綜合上述兩本著作，唐蘭先生的看法有三大優點：

一、他著重以科學方法闡明文字學的原理、系統，因而提出「字形演變的規律」一說，此項見解十分正確，是文字理論上（尤其是字形方面）的一大創見。這也使得後來的學者，開始重視字形演變的問題，至今已有相當不錯的研

究成果。

二、他對文字的演化，作了深入而廣泛的探討。在「文字的演化」一章裡，列舉多項造成文字演化的原因，及演化的情形和結果。（唐先生的「演化」和筆者的定義不同，他的「演化」是指字形的演變，並非新文字的孳生。筆者的「演化」則屬由舊字變出新字的孳生。）原因方面如：尚同、別異；情形方面如：簡化、繁化；結果方面如混殽、淘汰等。他不只注重文字本身的演化過程，也探討社會、文化、語言對文字的影響，如：行款、致用、鍥刻、是正等，這些都是很好的見解，有助於瞭解古文字發展變化經過的來龍去脈。

三、關於字形演變的理論，唐先生頗多創見，例如：他在「字形演變的規律」中提出：「自然的變異」和「人為的變異」，對演變的情形，作了很客觀的解釋。又如他指出「七」為避免和「十」混淆，在筆畫上有點變化以作區別，這揭示：部份古文字筆畫的改變，是為了別嫌。在結構的演化方面，他指出「獨體分割為合體」的現象。由此可知，唐先生從古文字複雜多變的現象中，分析歸納出一些普遍的法則，這些法則對考釋文字有很大的幫助。

然而唐先生的說法並非十全十美，他也有幾點缺失：

一、唐先生認為增繁中有一種情況是「因形聲字的盛行而增加偏旁」，此說有待商榷。龍師宇純說：有的字增加形符來區分語言孳生或假借用法，形成「轉注」；轉注的形成與形聲實不相同，論其法，形聲或尚在轉注之後。〔註3〕

二、部分唐先生舉的例子有些問題。如他說「叛」是由「反」演變而成的，其實「叛」本寫作「畔」，改「田」為「反」，是「畔」的轉注字，《論語》、《孟子》裡「叛」皆作「畔」〔註4〕。又說「手」分生出「左」和「右」兩字，這說法也不對。「手」和「左」「右」在語言中是同時存在的，彼此間字形當然沒有孳生的關係。「貫」字也非唐先生所說的：由 𦥑 改做從貝 毌 聲。𦥑 象

〔註3〕參見龍師宇純著《中國文字學》第135頁及142頁云：轉注字因語言孳生及文字假借，增加或改易意符，使其原先的母字或表音字轉化為專字。六書中的基本象形法，可以自然地發展為會意、也可更進一步發展為轉注，卻不易直接由象形字的圖畫意味中獲取「聲符」的概念；如其透過轉注的出現，便能輕易開啟運用聲符造字的坦途，所以說形聲之法出於轉注。

〔註4〕參見龍師宇純〈說文讀記之一〉，《東海學報》第33卷，1992年6月出版。

貫貝之形，「」即象寶貨之形，並非只取其聲，故「貫」是由變成的。
〔註5〕

　　三、「簡易」中「爲求整齊而改變部分的位置」一項，從其所舉例子（→）來看，既無偏旁，也無筆畫的簡省，寫法上也未見得較容易，似可將其歸入「形體離析」的現象。

　　不過，儘管有上述的缺失，就整體而言，仍是瑕不掩瑜，難怪後來大陸有許多學者，將唐氏的學說奉爲圭臬。

第二節　梁東漢先生的看法述評

　　梁東漢先生的《漢字的結構及其流變》是一本講漢字結構、演變和發展規律的書。梁先生是北京大學的教授，這本書出版於一九五九年，對於其後大陸學者在這方面的研究，提供不少的理論基礎，是一頗具影響力的著作，茲摘錄梁先生對古漢字變化的學說要點於後：

一、漢字的發展〔註6〕

　　（一）漢字發展過程中，有簡化、繁化兩種趨勢：簡化和繁化是交互作用的兩種運動。形聲字裡有一部分是先繁化，也就是由純粹表意字標注音符，後來又經簡化而成的。如「雞」（形符加聲符「奚」，後來形符換用「隹」）。但簡化和繁化這兩種趨勢是不平衡的，因爲在任何時期，簡化皆是主流。

　　（二）簡化有六種情形：

　　1. 把圖畫形成的符號變成線條式的符號：如：虎：→。

　　2. 把「肥筆」改成「雙鉤」或「瘦筆」：如：天：→。

　　3. 省去重複的部分：如：星：→→。

　　4. 省去不重要的部分：如：麋：→。

　　5. 借用同音的字來代替結構繁複的字：如：鱻→鮮（見《說文解字》）

　　6. 創造新字：是異體字產生的主要原因之一。有七種情形：

〔註5〕參見龍師宇純著《說文讀記》第176頁：「徐灝云：田貫古今字，田象橫貫寶貨，貫訓錢見之貫，其義一也。省作串，變爲田，橫其體與見相配也。……宇純案：徐以田象穿見之形，田即串之省變，其說是也。」

〔註6〕參見梁東漢著《漢字的結構及其流變》第42頁至51頁。

（1）改重疊的會意字爲形聲字：如：姦→奸。

（2）替換筆畫繁複的字形：如：鼀→蛙。

（3）替換繁複的声符：如：擔→担。

（4）截取原字的一部分：如：聲→声。

（5）用筆畫少的會意字代替原來筆畫多的會意字：如：塵→尘。

（6）改形聲字爲比較簡單的會意字：如：淚→泪。

（7）把原字的一部分簡單化。如：權→权。

　　梁先生又把以上六種簡化歸納爲兩類：一類屬於形體筆畫、結構的簡省，一類屬於表音原則的利用。

　　（三）繁化可分爲下列三方面：

　1. 增加筆畫：又分爲規律性和不規律性兩種，前者如：元：𠂆→丌→兀。

　　後者如：保：𤔔→𠈃 （目的在使結構勻稱。）

　2. 增加裝飾的部分：如春秋戰國時的鳥蟲書。

　3. 增加偏旁：可分成兩類：

　（1）增加義符：有兩種情形：

　　　A. 增加義符後意義不變：如：匜：𠙵→𠙺→盤

　　　B. 增加義符是爲適應記錄語言的需要，以及區別同音異義的詞：

　　　　如：戔→淺、殘、錢。

　　　　這是造成形聲字的主要方式。

　（2）增加声符：也有兩種情形：

　　　A. 因古今音讀或方言的不同，在原有的字上加声符解決形和音的矛盾。如：「老」加「丂」→「考」、「反」加「半」→「叛」。

　　　B. 象形字加聲符，造成新的形聲字：如：耤：𦣹→耤。

　　他並且指出：繁化和簡化的不同在於：繁化是適應語言的發展與變化而創造新字，簡化則是爲了書寫方便而創造新字。所以，異體字、分化字、合聲字等的出現和累積，也屬繁化的範圍。

二、字體演變對於結構的影響 [註7]

　　（一）字體演變會引起各式各樣結構的變化，每個字的情形不一定相同。

〔註 7〕同註5，第153頁至157頁。

如：折：[甲骨文]→折、春：[篆文]→春

（二）字體演變的過程就是筆畫、結構簡化的過程。如：囿：[甲骨文]（甲）→ [金文]（金）

（三）有一些很相近的字，在不同的字體裡，用不同的結構加以區別。如：日：[甲骨文]（甲）；曰：[甲骨文]（甲）

（四）有些偏旁，在某一種字體裡，不會因位置的改變而引起字形上的不同，但是字體的演變，使得它在另一種字體裡，因部位的不同而有不同的結構。如：手字甲骨文中作皆作[甲骨文]，在金文和小篆中則有[字形]、[字形]兩種結構，如：[字形]（有）、[字形]（得）。

（五）一些不同的字，它們的偏旁或筆畫，在某種字體裡是不同的。但字體的演變，使得它們在另一種字體都歸併為同一種寫法。如：馬（小篆作[篆文]）、鳥（小篆作[篆文]）、然（小篆作[篆文]）至隸書，下面的組成部分都變成了四點。

三、漢字的新陳代謝及其規律〔註8〕

（一）漢字的新陳代謝

1. 漢字的發展歷史，就是它新陳代謝的歷史：由圖畫至表意文字，中間經過一次質的變化，由表意字至形聲字，又經過一次質的變化，即由不標音的文字發展為標音的文字。同時，漢字的新陳代謝，是由許多因素造成的結果。這些因素包括：漢語詞的新生與死亡；詞的語音變化；筆畫、結構的簡化及改換書寫工具等。

2. 漢字新陳代謝的各種現象，共有下列八項：

（1）形體和結構的變化。如：一個字原本結構較複雜，後來改換為較簡單的結構。

（2）異體的廢棄：簡化造成異體，但簡化的最終的目的也是為了消滅異體。

（3）詞的死亡造成「死字」。例如：現代漢語裡，已不使用「輦」字。

（4）創造新字以區別同音詞。如：莫（「暮」的本字）→ { 旦暮 / 約莫

（5）創造新字表示讀音的改變。

（6）分化。如：兵→$\begin{cases}乒\\乓\end{cases}$　手→$\begin{cases}左\\右\end{cases}$

（7）適應記錄語言的需要而造新字。如：後起的新字以形聲居多。

（8）簡化。

3. 漢字經歷多次字體的變革：梁先生就甲骨文、金文、籀文、小篆、隸楷和草書等各種字體，分別列舉出它們的特色。例如：甲骨文的特色有下列幾點：

（1）不標音的字佔大多數。

（2）大量應用同音假借字。

（3）形體結構沒有定形化。

（4）筆畫多是瘦筆。

4. 漢字新陳代謝的規律，可從表音和簡化兩方面來敘述：

（1）表音：反映在這幾方面：

A. 假借字的產生和使用。

B. 標音之形聲字的出現。

C. 把不標音字改為標音的字。

D. 義符的声符化。如：「人」本只作義符，現在卻用作「认」的声符。

（2）簡化：梁先生認為：簡化和表音，雖是兩個不同的方向，但彼此間有一種辯證的關係。表音是為了簡化，簡化往往是為了表音。如：標音字的出現和使用，就是一種簡化。

　　由上述摘要可看出：梁先生用唯物辯證法研究文字學，目的在強調表音和簡化的重要，以配合當時大陸政權推行的簡體字、拼音文字，並為它們的發展提供理論的基礎。這點是其學說的一大特色，也是他最大的缺點。他運用哲學替文字學找出變化的原理，本是一大創舉。但很可惜的，他引用的哲學觀點不適當，因為漢字變化的動力，包含兩種方式，一種是革新，一種是保守。二者相對相成，互相制約，由革新到保守，是一種字體的完成。新舊之間是相輔相成的，不是矛盾和鬥爭的。由此可知，梁先生的推論是錯誤的。

梁先生的學說有下列幾項優點：

一、對形體變化的原因、方式和歷程等各方面，皆有論述。如：「漢字發展的內因和外因」屬形體變化的原因；「漢字發展過程中簡化、繁化兩種趨勢」說的是形體變化的方式；形體變化的歷程則包括「字體的變革」和「新陳代謝的各種現象」兩方面的內容。雖然其中部分說法有待商榷，但對此一問題，探討層面之深之廣，是其一大特色，一大優點。

二、論述周詳，每個標題下的細目很多。如：「新陳代謝的現象」列舉八項內容。「字體演變對於結構的影響」也分七項作說明，可謂鉅細靡遺。

三、他有一些創見，如：提出「字體演變對於結構的影響」指出一些字體間的差異，像同一偏旁在不同字體裡有不同的寫法。這點不同於一般只述各字體之特色的論著。

然而，他的主張也有一些缺失：

一、因為用唯物辯證法作推論之根據，導致一些錯誤。例如：梁先生認為漢字發展的內因，來自它發展過程中的內部矛盾。然而，字形、字音和字義，彼此之間必會產生矛盾嗎？自古以來，漢字的特色之一便是形、音、義兼具，見形知義，並有聲義同源現象。形聲字即是兼表音意的文字，怎能說「文字的圖形符號，和它所代表的語音相矛盾」呢？而且漢字並未產生由「表意變成標音」的質變，偏旁表意的功能仍普偏存在，不宜過份強調標音。此外，他太主張簡化，也造成一些偏差，如文中說：把小篆和說文古文及籀文作比較，可看出明顯的簡化痕跡。但事實上，小篆不一定比說文古文來得簡化。

二、梁先生認為：繁化是適應語言的發展與變化而造新字。這項觀點並不正確。如「保」字、「上」字及鳥蟲書等，都不是造新字，只是原字形體上的先後不同。

三、在某些方面的論述，仍有不足之處。例如：新陳代謝的規律，只舉了簡化和表音兩項。筆者認為還可再補充，如化同。又梁先生主張文字的演變，皆出於「有意」造成的變化，否定有「無意」造成變化這項因素，進而否定訛誤的存在，認為偏旁的混同，只是簡化的結果。這種觀點並不客觀，因寫錯而導致變化是一不容被否定的事實。

四、梁先生說：有些很相近的字，在不同的字體裡，用不同的結構加以區別。如：「日」和「曰」在甲骨文中「日」作 ⊙，「曰」作 ㅂ，這個例子並不

能符合這項說明。因為在甲骨文中，「日」和「曰」本就結構不同，沒有刻意地別異，只是演變到後來，兩字恰好形近。

五、繁化中的一項條例：「加義符是為了適應記錄語言的需要，及區別同音異義的詞。如戔→淺、殘、錢等」。這項條例應屬於演化、孳乳，因為新生的字和原字在字義上有些出入，不是同一字的繁化現象。

六、有的例字解說有問題。如「繁化」中的「增加声符」部分，「叛」並非由「反」加「半」而成的。又梁先生常用近代或現代的簡體字和俗字為例，這令人難以確定在古文字時期，是否也是如此的情形？

最後，不論是優點或缺點，都可當作借鏡：其優點值得學習，其缺點也能發人深省，所以梁先生的見解仍不容忽視。

第三節　許錟輝先生的看法述評

許錟輝先生在國文天地雜誌發表的一篇〈中國文字的演進〉〔註9〕，詳述漢字的特質及其發展情形。其中第二節「中國文字演化的類型」，對漢字演化的情形，提供獨特的看法，極具研討的價值。

許先生把漢字演化的類型分成十四種，茲摘錄於後：

一、簡化：字形由繁複演變為簡略。

二、繁化：字形由簡略演變為繁複。

三、分化：本為同一個字，音義無別，後來歧分為音義不同的兩個字。

　　如：「豕」和「亥」古文字本為同字，所以「家」甲骨文或從豕或從亥。豕亥今音義不同，是後世的分化。

四、類化：原本音義不同的兩個字，後來歸併為同類。如：屮、木各異，而「萌」甲骨文或從屮，或從木，屮、木演為同類。

五、聲化：本為不帶聲符的無聲字，從來演變為帶聲符的有聲字。如：网→罔。

六、複合：把兩個或多個形體結合在一起，成為一個文字。如：「止」加「戈」→武。

七、反文：由一個文字的形體，左右相反而成為另一個文字。如：从→比。

〔註9〕參見許錟輝〈中國文字的演進〉。《國文天地》4卷1期，1988年6月出版。

八、倒文：由一個文字的形體，上下相倒而成為另一個文字。如：人→匕。

九、移位：把一個文字的結構位置移動變易。如：𣏉→𣏂。

十、美飾：一個文字，在基本形構之外，增加一些修飾的筆畫。如：保：
　　　𣎼→保。

十一、反衍：兩個文字彼此依據對方形體的一部分，而形成另一個後起字。
　　　如：「琴」、「瑟」各以對方的古文字形作形符，孳乳出後起字。

十二、迴環：由某一個字孳乳出另一個字，又由此字孳乳出另一個字，而
　　　成為原字的後起字。如：旡→㿪→朁→簪

十三、孳乳：由一個字孳生出另一個字，而無反衍、迴環的現象。如：囿：
　　　𝌂（甲）→𝌒（籀）→囿。

十四、訛變：一個字的形體，經過長時期的流傳，發生變化，而引起後世
　　　對此字形構的誤解。如：為：𝍀（甲）→𝍁（金）→𝍂（篆）。

　　據筆者所知，台灣海峽兩岸的學者，認為漢字的變化規律，最多不過十
類（楊五銘先生）〔註10〕，最少只有兩類（梁東漢先生），大部分主張四至六
類〔註11〕。但許先生的研究，竟多達十四類，可見許先生的研析是很精細的。

　　許先生的研究，據其自述，是採用歸納法。他依據漢字的各種變化，歸納
各個相同的特殊現象，推知普遍的原理原則，這是當前我們研究國學應有的科
學方法之一。

　　許先生列舉的十四種漢字演化類型，每一類的界說，都很簡要。又他在
演化類型中加入分化和孳乳，這是較前人進步的看法。他所提出的「迴環」
一類，是較特別的見解，能說明文字演化複雜的現象，且也說明先後字義上

〔註10〕參見楊五銘著《文字學》。漢字發展的規律：新增與淘汰、音化與意化、分化與同
　　　化、簡化與繁化、變異與規範。

〔註11〕參見康殷著《古文字學新論》。古文字形的演變：簡化、整形、分化、訛化、訛繁、
　　　轉化和訛混。
　　　林澐著《古文字研究簡論》。字形歷史演變的規律：簡化、分化、規範化。（附：
　　　訛變）
　　　王鳳陽著《漢字學》。簡化、繁化、同化、異化、分化、交替與歸併、變易與規範。
　　　林尹著《文字學概說》。中國文字的演進：增體、省變、兼聲、重複（以上是演進
　　　的過程）。孳乳、變易（這兩項是演進的法則）。

的關聯性。

　　但因有上述的優點，難免同時帶來若干的缺點：

　　一、許先生的分類，因較精細，難免有彼此界定重疊之處。性質本屬一類的，他把它分成幾類。如：反衍、迴環、孳乳，照作者的意思，都是由一個字孳生另一個字的「孳乳」，分成三個類型，似無此必要。

　　二、許先生的十四種類型，是並列的、片斷的，只能算是有系統的分類的第一步，必須再往上歸納，才能做到系統化，確立漢字演化的理論體系。

　　三、有些例字和其所屬項目的說明不合，如「分化」的類型所舉的例子並不妥當。因爲甲骨文中的「豕」和「亥」字形不同，音也相異：「豕」爲式視切，審聲旨母；「亥」爲胡改切，匣聲海母。可知二者本就不同字，所以不能由此推斷「家」字甲骨文或從豕，或從亥。又如「孳乳」的例子「囿」，只是先後字形不同，仍是同一字，不符孳乳的定義。

　　四、「分化」也源於「同形異字」，「同形異字」是指原本彼此音義不同的兩個字，它們的字形相同；並非如作者所言：本爲音義無別的同一字。

　　五、「複合」、「反衍」、「倒文」從其內容看來，是一種造字的方式，和演化、演變沒有太大的關聯。

　　六、「類化」本指「相近諸體變爲另一體」，是字形上的混同。這種現象也發生於偏旁中。如 、 、 變爲隸書的秦、泰、奉。「萌」字甲骨文或從 ，或從木的情形，應是屬於「偏旁通作」，是文字未定形時的一種現象。

　　雖有上述幾點缺失，但許先生的創見及鉅細靡遺的研究態度，仍值得重視和向其學習。

第四節　李學勤等先生的看法述評

　　李學勤、陳初生、董琨等先生，在《商周古文字讀本》之〈古文字概述〉〔註12〕一文中，闡述古文字形體的發展規律，頗多獨特的看法。筆者把他們的學說摘要述後：

　　李學勤等先生參照各家的論述，將古文字形體的發展規律歸納爲三方面：

〔註12〕參見劉翔等編著《商周古文字讀本》第 248 頁至 259 頁：古文字形體的發展規律。

簡化和繁化、循化和訛化、分化和整化。並且指出這三方面是從不同的角度著眼的，某些具體內容，可能彼此間有關聯：

一、簡　化

為了便於書寫和學習，而有簡化趨向。其情形有下列幾種：

1. 圖繪性的減弱：如：馬：（甲）→（金）

2. 筆劃的簡省：如：星：（甲）→、（小篆）。車：（甲）→

3. 偏旁的歸併：又分二類：

   歸併義近的部件：如：

   沈：－

   汝：－

   河：－

   沚：－

   甲骨文中「水」偏旁的各種寫法，至小篆時皆寫作

   歸併形近的部件：如：

   匐：金文作－

   匀：金文作－

   匈：金文作－

   上列三字，金文字形中的一部分，至小篆時皆寫作

二、繁　化

1. 增加筆畫：為使結構更疏密勻稱。如：保：→。也有裝飾作用的，如戰國的「鳥蟲書」。

2. 新部件的增添：所增的偏旁，與字的音、義有關，也就是「孳乳」、「轉注」和「繩益」。這種繁化的趨勢，使後來新增的字多為形聲字。如：匜：→→。耤：→。作者並指出：簡化和繁化互相交織、消長。如從甲骨文到金文，有許多繁化的現象，而戰國時，簡化又成為普遍的趨勢。因此必須針對實際情況，進行分析，不能以偏概全地認定簡化或繁化為主要趨勢。

三、循　化

形體的演變至小篆時，仍可從字形分析字義。如：

木：米（甲）→ 米（金）→ 米（古）→ 米（小篆）

水：水（甲）→ 水（金）→ 水（古）→ 水（小篆）

作者又說：有些字雖然字形上有較大變化，但只要不改變其部件與基本字義間的聯繫，仍屬「循化」。這方面最常見的例子是：象形字或會意字，加義符或聲符為形聲字；及形聲字的更換義符或聲符。

四、訛　化

字形在演變過程中，發生訛誤，從而脫離與字義的關係。其發生的原因和表現形式，主要有下列幾種：

1. 形體的簡化：如前述簡化中「歸併形近之部件」的舉例。又如：員：鼎（甲）→ 鼎（金）→ 鼎（石鼓）→ 員（小篆）── 貝 訛作貝。

2. 筆畫的增繁或裝飾性成分的添加。如：賓：介（甲）→ 賓（金）→ 賓（小篆）。

3. 形體內部表義成分的變質：在形體演變過程中，某一部分發生表義功能的變異，導致訛化。如：飲：酓（甲）→ 飲（小篆）

4. 因部件形近而訛混。如：服：服（甲）→ 服（金）→ 服（小篆）── 月 和 舟 形近而訛混。

5. 不明或誤解字義。如：行：北（甲、金）→ 行（小篆）。

五、分　化

指的是在同一個歷史平面，某一個漢字具有多種不同的形體，也就是「異體」。這些異體有的來源不同，有的則相同，他們隨著時間、地域的推移或分隔或運用場合的不同而分化。如「追」，甲文作 追，金文則作 追。

六、整　化

在眾多的異體中，某一形體被逐漸頻繁地使用，得到普遍承認，成了比較規範、定形的形體，也就是「通用字」。古文字形體發展中的這種分化和整化現象，類似語言發展過程中的分化和整化。語言中的分化，指的是原始語言分化

為不同的地域方言；整化則指把地域方言中較重要的一支，提升為共同語，牽制方言的分化，使之趨於統一。

李先生等採用歸納法，得出上述六項結論。筆者認為其學說的優點，有下列三項：

一、強調繁簡兩種趨向互相交織，彼此消長。這說法與一般大陸學者只主張簡化是主要的趨勢並不相同。它比較中肯，近於事實。

二、「循化」是此篇所述的規律中最獨特的看法。許多學者都沒有指出這點。事實上，有的文字從甲骨文到現在，結構上都沒有明顯的變化，由字形仍可看出字義。只是在隸變時，筆勢上有些不同，例如把彎曲的線條變成直線，或把短的橫豎、斜畫變為點等，循化這種演變的情形不該被忽略。

三、在「整化」方面（即一般所謂的「規範化」）指出政治、社會等因素對文字發展的影響。如：周原甲骨文有某些和殷墟甲骨文的形體不同，其所以能為西周金文所本，和周取代商這一社會、政治因素有關，這方面確實值得我們重視。

但文中也有若干缺失，茲分述如下：

一、這六項的內容有些缺點：

（一）簡化方面，「筆畫的簡省」一項中，「減少重複的部分」所舉的「星」字例，應屬於「偏旁的簡省」。因為筆畫是一個個體中不能分析獨立的線條。偏旁則是可獨立的個體。「星」字 的口是偏旁，非筆畫。此外，在「偏旁的歸併」中，「歸併形近部件」所舉之例應屬訛化。

（二）分化方面，將分化一詞的定義和異體字相混淆，與一般對分化的了解完全相異。其實，造成分化的主因是漢字的孳生發展狀態。分化是指由一字變化而成新字，或賦予一字新義而成另一字。

（三）「簡化」中，「繪圖性的減弱」和「筆畫的簡省」這二項之間沒有明確的分別。故「馬」字例可歸於「筆畫的簡省」，「車」字例亦可屬於「圖畫性的減弱」。

（四）「簡化」中「偏旁歸併」所分的二類，所舉的例子不能明確地證明這些條例，以前者的「水」旁例來說，、 、 只是同字的不同寫法，並非義近偏旁的歸併。而後者的字例，彼此間形也不相近，難以說明「歸併形近的部件」這一條例。所謂「歸併」，應指一字併入另一字。而「水」旁例只是由甲

骨文中的不定形到小篆的定形，後例則應屬訛變。

（五）「繁化」和「轉注」、「孳乳」等不能混爲一談。

（六）「循化」中，象形字或會意字，加義符或聲符變爲形聲字，這項條例很容易與繁化或轉注發生混淆。故有必要對「循化」重新界定

二、他們說變化的規律是從不同的角度觀察所得的結論。何謂「不同的角度」？我們不得而知。筆者認爲：最好能分析出造成形體變化的原因，如：別異、方便書寫等，如此可使人們對這些規律有更深入的瞭解。

李先生等人的見解雖有些缺點，但其對文字變化現象所作的分析，仍是相當客觀，也指出一些向來被人忽略的地方。

第五節　其他學者的看法述評

當代大陸還有幾位知名的學者，在他們的著作中提出對古漢字變化發展的看法。這節列舉蔣善國、裘錫圭和高明等三位先生的見解，分別述評如下：

壹、蔣善國先生的看法述評

蔣善國先生所著的《漢字形體學》，由其書名可知：是一本研究漢字形體演變的著作。此書在形體學的理論和研究方向等方面，多有建樹。茲摘錄蔣先生的學說要點於後：

一、對漢字形體演變作總的分析，並且歸納爲八點，其中和形體變化有關的幾點是：〔註13〕

（一）漢字在發展上，各階段字體的形式是漸變而不是突變。

（二）漢字是由寫實的象形，變成符號或筆畫，也就是漢字的形體由直接
　　　　表意變成間接表意。

（三）漢字形體的新陳代謝中，筆勢的變革佔優勢。

（四）漢字的演變是一種形體的簡化作用。

（五）漢字的發展，是由獨體趨向合體。

二、對於字體發展、演變歷程的看法，表現在「古今文字的斷代」及對各種字體的論述上：〔註14〕

〔註13〕參見蔣善國著《漢字形體學》第1頁至10頁。

〔註14〕同註13，第10頁166頁。

（一）古今文字的斷代：從殷代經過周代，直到秦代，是古文字時代。其中由殷代到秦代通行小篆以前，這段時期都是大篆的通行時代，包括：甲骨文、金文、石鼓文、詛楚文、籀文和古文。秦代是小篆時代。

（二）各字體的特色：如甲骨文的特色有：1. 尚未定形化，一字多異體；2. 已由獨體趨向合體；3. 就性質方面來看，已由衍形趨向衍音。

三、對於不同字體間的承傳關係和演變情形，也作了探討。如說明小篆和大篆的關係為：小篆根據古文、大篆的自然發展形式，在筆畫上加以勻圓齊整，改象形為統一的寫法，並加以簡化。〔註15〕

蔣先生寫作此書的宗旨是：鞏固簡體字的基礎和正統地位，加強整理簡體字的信心，以便很快完成簡化的工作。〔註16〕

就研究方法而言，蔣先生是根據歷史唯物主義的觀點，來研究漢字形體的演變。不過，從內容看來，表現歷史唯物主義的地方很少，但不論其表現多少，採用此觀點來推論漢字形體的演變，就不適當。因為「唯物史觀，不是產生於歷史事實的研究，而是一種臆斷的見解。」不適於學術的研究。〔註17〕

蔣先生的說法有下列幾項優點：

一、對漢字各種形體的特質，作靜態的分析：所謂「靜態分析法」，是只就某一種字體分析其結構、特色，而不太涉及其演變的歷史。如前述「甲骨文的特色」即是。這種分析法的優點在於：可使人瞭解每種字體的特色，對於認識古文字大有助益。

二、對漢字各種形體的史實資料，有詳實的敘述：包括各種字體的發現、流行的年代、辨別的標準和書法風格等項，可擴大讀者的視野，使人們對文字學有所瞭解。

三、對漢字形體的演變，作整個發展情形的分析：如前述「總的分析」那幾項中所說的：漢字是由寫實的象形變成符號或筆畫，漢字形體的新陳代謝以筆畫的變革占優勢等。雖然他的說法並非全都正確，但已從整個發展情形中，

〔註15〕同註 13，第 158 頁至 160 頁。

〔註16〕同註 13，見「內容提要」。

〔註17〕參見 Henri See 著、黎東方譯《歷史唯物論批判》。

找出一些演變趨勢，可供研習文字者作參考。

王鳳陽先生在所著的《漢字學》中，對蔣先生的一些看法提出批評〔註18〕，其中二項為：

一、蔣先生將「簡化」和「音化」說成是漢字發展的「規律」，這種抹殺「繁化」的說法，歪曲了漢字的字形史。

二、造成分化的原因是：為區別意義而加形符，不是蔣先生所謂「要加形符去注明原意」。

這些批評頗能指出蔣先生看法的一些缺失。此外，筆者以為尚有二點值得商榷：

一、蔣先生用大篆概括早於小篆的所有古文字，包括六國文字。這種分法並不妥當。因為六國文字和甲、金、籀、篆這一體系的文字不盡相同，有不少的變形或簡省，不宜將二者合稱「大篆」。

二、蔣先生在「古文字的分化」〔註19〕中提出：分化是偏旁寫法上的變化，如「火」字旁有幾種不同的形式：川（然）、小（赤）、业（光）等。這和一般所謂的「分化」有很大的出入。「分化」應是指：由一字變成另一新字，屬於文字的孳乳，而非一偏旁的不同寫法。

就大體而言，蔣先生提出不少頗具啓發性的高見，其見解仍是有價值的。

貳、裘錫圭先生的看法述評

裘錫圭先生在所著的《文字學概要》中，提出不少獨特見解。茲將他對古漢字變化的看法簡述於下：

一、漢字發展過程中的主要變化〔註20〕

（一）由象形變為不象形：古文字所使用的字符，本來都很像圖形。古人為了書寫的方便，把他們逐漸改變成：以較平直的線條，構成象形程度較低的符號。這種情形稱為「線條化」。如魚：（甲）→ （篆）。

（二）從形體上看，漢字主要經歷了由繁到簡的變化。這種變化，表現在

〔註18〕參見王鳳陽著《漢字學》第810頁，及第837頁至838頁。

〔註19〕同註13，第198頁至229頁。

〔註20〕參見裘錫圭著《文字學概要》第41頁至44頁。

字體和字形兩方面，且這兩方面的變化難以區分，如馬：𦥒（甲）→𩡉（篆）。
有些偏旁還經歷了比一般的字形演變更劇烈的簡化，如在隸書裡，「水」用作左
旁時變為三短橫，寫法比獨立成字時簡單得多。

（三）字形繁化可分為兩類：一類純粹是外形上的繁化；一類是文字結構
上的變化所造成的繁化。前者有時是為了使字形明確，以免混淆，如：「上」、
「下」；有時只是書寫習慣上的變化，如「辛」、「角」。後者最常見的，是增加
偏旁，如「鳳」加凡聲，「戉」加「金」成「鉞」。但大部分加偏旁字，跟未加
偏旁的原字，都分化為兩個字。如由「吳公」分化出「蜈蚣」。這種現象，可以
解釋為文字的分化或字數的增加，不是繁化。

二、漢字結構上的變化〔註21〕

（一）形聲字的比重漸升：因為新增的字，多數是通過加偏旁或改偏旁等
途徑，從已有的字分化出來的。這些新增的字，大部分是形聲字。如「燃」字
是「然」字為明確本義而加意符。

（二）所使用的意符，從以形符為主，變為以義符為主：如「涉」本寫作𣥠，
以一腳在水南一腳在水北示意，後來變作𣥧，成為從「水」從「步」的字；有
些用形符造的表意字，加注聲符後，往往通過把形符改為義符的途徑，變成一
般的形聲字，如：「鳳」本象鳳鳥形，後來加聲符「凡」，象鳳鳥的形符也為義
符「鳥」旁所取代。

（三）記號字、半記號字漸增：由於字形象形程度的降低，和簡化、訛變
等原因，早在古文字時，有些表意字和少量的形聲字，已變成記號字或半記號
字。如「射」，字形已無法表達字義，二者間的關係，只是由約定而來的。文字
結構的變化，常造成字形繁化或簡化；文字形體的變化，也常破壞或改變文字
結構。

這些看法的優點在於：客觀地指出一些古漢字變化的情形和發展的趨勢，
如：形聲字的大量增加、意符從形符變為義符、記號字漸增等。還有，他特別
將分化和繁化作了區分，說明兩者的不同。

然而，裘先生的見解也難免有一些不足之處，如由「然」至「燃」的變

〔註21〕同註20，第46頁至51頁。

化，從表面上看是形聲字的產生增加，實際上「燃」是「然」的轉注字，「然」加「火」旁來明本義，以別於其借義。又「吳公」的轉變爲「蜈蚣」，實爲文字假借後，加注意符以別於其本義的情形；也屬於轉注的一種。此外，在文字的演化方面，他只提出分化的部分情況，顯然不夠充分。不過他的看法還是頗爲深入的。

參、高明先生的看法述評

大陸的高明先生，其所著的《中國文字學通論》是一部理論和古文字資料皆豐富的著作。其中也提及對古漢字的看法，茲將其觀點簡述於後：

一、漢字的發展過程是由「象形」到「形聲」。

二、意義相近的形旁互爲通用：這是在文字的形式沒有十分固定以前，一種普遍存在的異體字現象，如「德」作 𢛳，也作 𢛳。〔註22〕「在偏旁的通用」及「古文字的形旁及其變化」等方面，高先生作了頗多的資料蒐集和整理，如「人」旁甲骨文中有 𠤎、𠃌 等寫法。〔註23〕

三、漢字形體發展的兩大規律是：「簡化」和「規範化」。〔註24〕其中「規範化」包括兩個內容：一是字體結構的規範，一是字的形體規範。前者如：有些象形字和會意字，因受形聲結構的影響，轉變爲形聲字，如「囿」：𝌆→囿。後者如：秦朝李斯等對漢字形體的規範整理，當時採用「固定偏旁」及「統一每字的筆數」等措施。

高先生的見解有優點，也有缺點。其優點在於整理出偏旁通用及其變化的資料，這對認識古漢字是一大幫助。其缺點則是：對漢字形體發展的規律，只提出「簡化」和「規範化」兩項，忽略了也是主要規律的繁化。儘管如此，高先生的研究成就仍是有目共睹的。

〔註22〕參見高明著《中國古文字學通論》第 109 頁至 133 頁。

〔註23〕同註22，第 81 頁至 109 頁。

〔註24〕同註22，第 134 頁至 142 頁。

第三章　甲、金、籀、篆的流傳與特徵

第一節　甲骨文、金文的流傳與特徵

壹、甲骨文的流傳與特徵

一、甲骨文的流傳

　　甲骨文的名稱眾多，以書寫的材料而言，稱為「甲骨文」、「龜甲文字」；以占卜的用途而言，稱為「卜辭」、「貞卜文字」；從刀刻的書寫方法來說，稱為「殷契文字」；從出土地點而言，稱為「殷墟卜辭」、「殷墟書契」。最初在一八九九年發現於河南省安陽縣小屯村，這一帶為殷墟遺址。殷商的甲骨文屬盤庚遷殷後到紂王被滅的二百七十三年（約西元前十四紀中至西元前十一世紀中）。殷商甲骨文的單字總數約四千五百字，已識字約為一千一百字。〔註1〕

　　一九五三年到一九五四年，在鄭州二里岡商代遺址中，又掘出幾片有字的甲骨，其年代屬於商代中期，較殷墟的年代更早。〔註2〕因此，甲骨文的年代再往前推，使用範圍也擴大。但因鄭州出土的甲骨文資料太少，一般所說的甲骨文，還是指殷墟甲骨文。

〔註1〕參見李孝定著《漢字的起源與演變論叢》第 126 頁至 127 頁。
〔註2〕參見趙誠著《甲骨文字學綱要》第 6 頁。

一九五四年，在山西省洪洞縣坊堆的西周遺址，第一次發現西周時的甲骨文。後來，在北京昌平的白浮西周墓，陝西省的豐鎬遺址、周原遺址等地，又發現一些甲骨文字。其中以周原遺址出土最多，計有字甲骨二百多片，字數最多的一片有三十字。這批材料被稱爲「周原甲骨」或「西周甲骨」。〔註3〕所以，廣義地說，甲骨文的年代，範圍涵蓋了商、周兩代。不過，一般稱「甲骨文」，多狹義地指殷墟甲骨文。

二、甲骨文的特徵

甲骨文的特徵，表現於構形、線條書寫、及用字的特殊習慣等三方面。茲分述如下：

（一）構　形

1. 不定形：一個字往往有數種寫法，其情形包括：

（1）筆畫的繁簡不定：如象形字「冊」作 卌、卌，象竹簡形。

「水」作 ⅏、ⅉ、⅏ 等形，象水流動形。又如：「示」、「臣」等字，或加增飾筆畫：示作 丅、丅、示，臣作 臣、臣。有些字的某一部分，可用簡單的一畫表示，也可用勾廓的方法表示，如「天」作 天，也作 天，「犬」作 犬，也作 犬。〔註4〕

（2）偏旁不定：「偏旁」可獨立成字，也可用以組成合體字。偏旁不定包括下列幾種情形：

A. 偏旁通用：指偏旁甲可變作乙的情形。但取材必須是同期文字。唐蘭先生稱之爲「通轉規律」。〔註5〕文字未定形時，偏旁可通用、變換。他指出：凡同部的文字（即由一個象形文字裡孳乳出來的），在不失本字特點的前提下，偏旁可通用。例如：「人」旁和「女」旁可通用（「兒」字甲骨文作 兒 或 兒）；凡義近的字，在偏旁裡可通轉，如「巾」通「衣」、「土」通「自」。高明先生也整理了三十二組義近形旁通用例，其中有些在甲骨文時已產生。如彳、辵形旁通用例（「通」作 通 或 通）〔註6〕。他說：義近形旁通用和形旁混用不

〔註3〕同註2。

〔註4〕參見裘錫圭著《古文字論集》第 152 頁。

〔註5〕參見唐蘭著《古文字學導論》第 238 頁至 247 頁。

〔註6〕參見高明著《中國古文字學通論》第 109 頁至 133 頁。

同，形旁混用是指形近導致混用，寫錯是主要因素。〔註7〕此外，張桂光先生認為：並不是所有的義近形旁都可通用，只用在互易後，音義不變，且於字形結構上，也能作出合理解釋的，才能承認它為義近形旁通用，異體字或偏旁的不同寫法都不能稱作形旁通用。〔註8〕他並且指出：在殷商時，因書寫者對字形統一的觀念不強，依個人的想法、解釋及偏好等而更換偏旁，是造成形旁通用的重要因素。

在甲骨文中，偏旁單獨成字時，彼此不混淆通用，但作為形旁時，卻可通用，如「牡」字、「牝」字或從牛、從羊，或從豕、從鹿；「逐」字或從豕、或從鹿。除形符可通用外，有的字聲符也可通用，如「麓」字從鹿或從彔。

B. 偏旁的有無不定：如「婦」字從女或不從女、「啓」字從口或不從口、「得」字從彳或不從彳。

C. 偏旁的位置不定：如「買」作 𤰔 或 𤲟，「好」字作 𤘥 或 𤙡。

D. 偏旁的數目不定：這種情形常發生於含有群體之意的字，如：「霍」字作 𩁹 或 𩂝，象群鳥飛時發出之聲，說文云：「霍，飛聲也。雨而雙飛者，其聲霍然。」又「羴」為合體會意字，表羊群散發的羶味，其作 𦎤 或 𦎧。

E. 偏旁本身的寫法不定：甲骨文中，部分偏旁本身的寫法不只一種，如「老」字在偏旁作 𦒳（「耈」字：𦒼）、𦒷（「考」字：𦒾）、𦓀（「孝」字：𦓎）；又如「欠」字於偏旁作 𣢧（「歈」字：𣢡）、𣢨（「吹」字：𣢩）、𣢪（「次」字：𣢫）〔註9〕。

（3）方向不拘：甲骨文有不少字，左右正側倒豎自由，如「龜」字作 𪓐，或 𪓑、「卂」字作 𠃚、𠃛。

有人以為甲骨文的形體不固定，表示文字尚在草創階段，龍師宇純先生認為這種說法並不正確。他說：甲骨文形體不固定，是因脫胎自圖畫，但建構的基本成份是橫豎點畫的文字線條，並非圖畫。象形字實際也是意形字。又甲骨文已六書完備，是經過相當發展的文字。〔註10〕如尚在草創階段，安能如此？

〔註7〕同註6，第133頁。
〔註8〕參見張桂光著〈古文字義近形旁通用條件的探討〉一文，《古文字研究》第十五輯。
〔註9〕同註6，第160至161頁。
〔註10〕參見龍師宇純著《中國文字學》（定本）第34至36頁。

2. 組織材料包括具象圖形和抽象符號：

（1）象形字居多：舉凡自然界及人為的萬物，都以圖象表達。即使是抽象的事，也能經由圖象傳達，利用偏旁組合的位置關係，反映字義，〔註11〕如「即」字作 𝕸，表示人就食；眉作 ☖ 或 ☖，表 ⚌（象眉形）在目上。象形字有的是以局部代表全體，如「羊」作 𝕐，只以羊頭的角和二耳代表；「木」作 𝕏，也以枝幹代表整體。

龍師宇純先生說：象形字必備二條件：其語言所代表的是具體之物，且以描繪其外貌為表達方式。這種文字雖是直接由繪畫蛻變來的，卻已從圖畫過渡為文字。其描寫的對象，並非存在於客觀世界的實物，而為存在於人心，超脫一切具象的主觀抽象概念。所以如接近圖畫的 🐖，與較不像圖畫的 𝕴，都可稱之為「象形」。這兩者稱為「象意」字也未嘗不可，不稱為「象意」字，是為了和語言所表不屬有形之物的象意字作區別，如一二三就是象意字。〔註12〕

（2）抽象符號多用於數目字，如「五」作 𝕏，「六」作 𝕧，「九」作 𝕫，此類指事字的形和義之間的關係，只是出於約定。〔註13〕

（3）有的是象形字和抽象符號的組合。「亦」字作 𝕸，是「腋」的古字，左右兩點標示出字義。「刃」字作 𝕷，標示刀刃之所在。

（4）已有形聲字。如：「柏」作 𝕩，從木白聲，「沖」作 𝕿，從水中聲。

3. 構形的方式：甲骨文構形的方式，大致上分為獨體和合體兩種。合體字的組合方式，又分為下列幾類：

（1）由兩個偏旁組合而成的。大多為左右、上下、內外三種布局：

 A. 左右：如：祉－𝕱、茲－𝕷、名－𝕪。

 B. 上下：如：旁－𝕻、買－𝕽、柄－𝕷。

 C. 內外：如：內－𝕹、囚－𝕾、俎－𝕷。（從肉從且，象肉在且）。

 D. 有少數字為了顯示字義，偏旁不對稱，如「為」字作 𝕵 表手牽象之形。「及」字作 𝕱，象一人在前，後有一手捕捉之，表捕人義。「敏」字作 𝕺，象手束髮加簪形。

〔註11〕同註10，第220至221頁。

〔註12〕同註10，第86頁。

〔註13〕同註10，第114至115頁。

（2）由三個偏旁組合而成的，有下列幾種方式：

　　A. 上二下一形：以此種方式組合的字較多。如：歷－[甲骨字形]、登－[甲骨字形]、
　　　　麤－[甲骨字形]。

　　B. 上一下二形：霝－[甲骨字形]、兵－[甲骨字形]、戒－[甲骨字形]。

　　C. 三者並排或成一直行：夾－[甲骨字形]、饗－[甲骨字形]、寧－[甲骨字形]、寶－[甲骨字形]。

（3）有四個偏旁以上的字，為數不多。其組合關係也以顯示字義為主，不遵循一定的模式。如：「遣」字作[甲骨字形]，[甲骨字形]表軍隊，[甲骨字形]示發布命令，[甲骨字形]（雙手）有指揮意，故此字表派遣意。〔註14〕「福」字或作[甲骨字形]，象以酒祭神而祈福之意。「囂」字作[甲骨字形]，商承祚解釋為：「象眾口之曉曉，疑即囂字。」〔註15〕。

（二）線　條

　　構成甲骨文的線條，以合於描摹事物圖形的需要為前提，受客觀物形所限定，沒有規定的寫法，和楷書的「筆畫」不同，也沒有「筆順」的限制。此外，甲骨文受契刻條件的影響，線條的轉彎處常成稜角形，線條本身也多方直，而不渾圓，故「日」本應作⊙，甲骨文刻作[字形]。

（三）特殊的用字習慣

　　1. 同形異字：指二個或三個音義不同的字，都使用同一個字形，如「月」和「夕」皆作[字形]、「星」作[字形]、[字形]，也表「晶」。這種現象的形成，是因為當時的造字法以象形為主，有些抽象的字義，只得和與其字義有關的象形字共用一形。但這種情形容易造成混淆、誤會，使用不便。後世就用各種方式加以區別，同形異字於是逐漸消失。同形異字並非假借字（如「田」與「畋」、「帝」與「禘」）。假借字的音同，同形異字的音不同。

　　2. 合文：甲骨文中的數字、月分、先王稱謂等，常以合文的形式出現。「合文」是把二或三個字寫在一起，只占一字的位置，在組合排列上，有左右或上下等方式。如：「十二月」作[字形]，「五千」作[字形]「祖庚」作[字形]。這種用字習慣，也因容易造成誤解而被淘汰。

　　3. 假借：李孝定先生曾作過「甲骨文字六書分類統計表」，在總計一千二百

〔註14〕參見馬如森著《殷墟甲骨文引論》第 321 頁。

〔註15〕參見李孝定編《甲骨文集釋》第 675 頁。

二十五字中，假借字有一百二十九字，所佔百分比爲十點五三強。〔註16〕趙誠先生說：甲骨文中的通假字很少，本無其字的假借則大量存在，且使用範圍甚廣。人名、地名、干支、方位、虛詞等都常見此類字，〔註17〕如「西」作 ⊕，本象鳥巢形；「風」爲 ，本義是鳳鳥；「其」作 ，爲「箕」的本字。這種現象產生的原因和同形異字有些相同，但它是用音同義異的字。這些假借字同樣造成使用上的困擾，於是成了轉注字產生的原因之一。（詳見第三章「轉注」部分）

貳、金文的流傳與特徵

一、金文的流傳

金文又稱鐘鼎文，或吉金文字，是青銅器上的銘識，其涵蓋的年代很長，自商代晚期延續至東周的春秋。隨年代的不同，金文呈現了多樣化的風貌。僅西周一代，前期、中期和晚期就有差異：前期承襲商代的風格，形體參差，筆畫較肥厚，有方折，末端尖銳；中期時，字體及行款都漸趨整齊，筆畫也較纖細；到了後期，多有固定格式，形體也更加規整。李學勤先生指出：西周末年時的金文，已開始有新的變化，虢季子白盤的文字方整，爲後來籀篆文字開創一個新風格，現在學者都認爲籀文近於秦系文字，所以虢季子白盤的字體，有可能就是和《史籀》同樣的文字。〔註18〕金文共有三千多字，已識字約有二千多個。〔註19〕

二、金文的特徵

和甲骨文相同之處：金文承襲甲骨文而發展，在字形結構上，兩者很相近。

1. 組織材料仍以圖形爲主，構形上保持象形字的特徵，線條也是摹物用的線條。

2. 有不定形、一字多體和偏旁通用等情形。甚至訛混了的字形，也和正確的字形並用。如：「和」字從禾或從木，從木者乃是與禾形近致訛；「服」字甲骨文本作 服，從 丮 不從 舟（舟），金文時或訛爲舟。〔註20〕

〔註16〕 同註1，第20頁。

〔註17〕 同註2，第110頁。

〔註18〕 參見李學勤著《古文字學初階》第40頁。

〔註19〕 參見黃建中和胡培俊合著《漢字學通論》第98頁。

〔註20〕 字例參見陳初生編纂《金文常用字典》。

和甲骨文不同之處：

1. 甲、金文因寫刻條件改變，書寫風格也不同，甲骨文的線條較細瘦，方折也較多。金文因為是用鑄造的，線條較粗壯渾圓，且多填實。

2. 有的銘文比甲骨文更像圖畫，這並不表示古漢字退化，而是受「族徽」這文化背景的影響。

3. 形體、線條變化多，裝飾意味濃厚，如前文所述春秋時期的金文。這現象和鐘鼎銘文的作用有關，由於鐘鼎多用於宗廟祭祀及宮廷宴會，故要求美觀，也反映了商周時的宗教觀及文化背景。另一個因素是金文包括的地域廣、經歷的時間長，在流傳過程中，不免發生各種變化。

4. 使用通假字：如「敔」或用「吾」、「故」或用「古」、「盛」或用「成」。〔註21〕

5. 形聲、轉注字增加：有些象形、會意字，加上聲符轉變為形聲字。如「耤」甲骨文本作🖼，金文加「昔」聲符作🖼；「寶」甲骨文作🖼，金文加「缶」聲符作🖼；「其」甲骨文作🖼，金文加「丌」声符作🖼。「誨」字甲骨文為「每」，金文時轉注作「誨」；金文「政」是由「正」轉注而成；「妣」字甲骨文為「匕」，金文有的加「女」旁成轉注字。這些現象有助於使字義更明顯、使用更方便，是文字進化的跡象。

6. 合文減少：金文中，以合文形式表現的，數詞較多，名詞方面已減少。〔註22〕這也是金文較甲骨文進步之處。

第二節　籀文、小篆的流傳與特徵

壹、籀文的流傳與特徵

一、籀文的流傳

籀文由史籀篇而得名。現代學者對史籀篇成書時代的看法不一，其中王國維先生認為其成書於春秋戰國之際〔註23〕，唐蘭先生也主張籀文為春秋戰國

〔註21〕同註20。

〔註22〕參見楊五銘著《文字學》第159頁。

〔註23〕參見王國維著〈史籀篇序錄〉一文。

之際，周元王時的文字〔註24〕。而李學勤先生、林素清先生等人，就籀文和金文的分析比較後，主張籀文是西周末年時的字體。〔註25〕裘錫圭先生也對王、唐的主張提出質疑。他說：籀文有些字形，其構造和商代、西周文字相合。有些看來是在較晚時加繁的字，其實也有相當古老的淵源。且籀文並非都是繁複的形體，也有比小篆簡省的。因此，他贊同籀文可能存在於周宣王時代的說法〔註26〕。龍師宇純先生認為：史籀篇之作，並非為了整理文字，起初只是用當時通行的文字，編成教學童的課本。但史籀篇成書不久，周王室便東遷、衰微，所以關東方面，推行不能深遠。秦處關西王畿，豐鎬故地，史籀篇當然通行，李斯等便是根據籀文定文字，故小篆與籀文相合者多。〔註27〕

　　漢書藝文志載史籀有十五篇，但至東漢時已亡六篇，晉以後全佚。說文中的籀文二百多字，應是許慎根據當時所存的九篇採入，且只取與小篆不同寫法的字，並非史籀九篇總共才二百多字。〔註28〕

　　籀文是西周末年至秦統一天下這八百年間，秦系文字的主流。有的學者認為石鼓文可代表籀文，因為兩者間相同之處不少，皆有較繁疊齊整的形式〔註29〕。石鼓文的年代也是眾說紛紜，大體上是在春秋中期〔註30〕。離籀文的成書年代不遠，因此，筆者以說文中的籀文及石鼓文為籀文這一字體的主要代表。

二、籀文的特徵

　　（一）籀文在金文的基礎上發展，所以形體結構上沒有太大的區別，只有一些演變趨勢更加明顯，如形體愈趨於整齊，為後來的方塊字打下基礎。如：「遲」字金文作、、籀文作；「受」字甲骨文作、，金文作、、石鼓文作。然而，這是一種自然發展的趨勢，基於藝術的觀點，求形體的緊密方正。並非如章炳麟先生所說的：出於史籀刻意地整齊文字，以期不致淆亂。

〔註24〕參見唐蘭著《中國文字學》第 155 頁。

〔註25〕李學勤的說法見《古文字學初階》第 34 頁。林素清的說法見其所著的《戰國文字研究》第 277 至 281 頁。

〔註26〕參見裘錫圭著《文字學概要》第 66 至 67 頁。

〔註27〕參見龍宇純著《中國文字學》（定本）第 384 至 385 頁。

〔註28〕同註 27，第 382 頁。

〔註29〕參見陳韻珊著《小篆與籀文關係的研究》第 134 至 135 頁。

〔註30〕同註 29。

（見下面之引文）

（二）籀文和金文的不同處在於：

1. 異體字減少，偏旁也漸趨定形。如：「勒」字金文作 ![字形]、![字形]、![字形]，石鼓文作![字形]；「湯」字金文作![字形]、![字形]，石鼓文作![字形]；「搏」字金文作![字形]、![字形]、![字形]、![字形]，石鼓文作![字形]。不過，這點是和甲、金文比較而得的結論。其實，籀文也有異體字，且不講究字形的固定，沒有「釐定結體，卻收整齊畫一之功」的意味。如![字形]又作![字形]，![字形]又作![字形]。〔註31〕只是以大體上看，數量較甲、金文少。

2. 線條趨於類型化：當字形逐漸定形，線條也起了轉變，不再「隨物詰詘」，開始類型化，朝「組字用線條」發展。所謂「組字用線條」，是指根據手的運動方便所改造的線條寫法。王鳳陽先生曾就「適應書寫生理」這原則，由一個圓和分割這圓的四條線，分析出八個方向的直線，八條基本弧線及十六條二分弧為「組字用線條」（→、←、↓、↑、↙、↗、↘、↖、∩、∪、⊃、⊂、ᒐ、ᒉ、ᒎ、ᒍ、⌐、￢……）〔註32〕例如：「夋」字甲骨文作![字形]，籀文改作![字形]，（其構成的線條可分析為![線條]、![線條]、![線條]、![線條]、![線條]、![線條]及直線等「組字用線條」）；「員」字金文作![字形]，籀文作![字形]，將金文中的銳角形改為圓形，且籀文的線條可分析成：○、一、![線條]、![線條]、丨、![線條]、![線條]等；「豕」字甲骨文作![字形]，金文作![字形]，石鼓文作![字形]，（其線條有一、／、![線條]）。由上述例字可看出：各式各樣的摹物用線條，後來都改變、歸類於這些組字用線條。線條的變化也是籀、篆較甲、金文不象形，漸離圖畫意味，看來較勻圓整齊的因素。

3. 形體較繁複：和金文比較，籀文的形體偏向繁複，如：「吾」字金文作![字形]、![字形]，石鼓文作![字形]；「述」字金文作![字形]，籀文作![字形]；「微」字金文作![字形]，石鼓文作![字形]。對這個現象，章炳麟先生的解說是：「史籀所以作大篆者，欲收整齊畫一之功也。故為之釐定結體，增益點畫，以期不致淆亂。今觀籀文，筆畫繁重，結體方正。本作山旁者，重之而作![字形]旁；本作水旁者，重之而作![字形]旁。較鐘鼎所著踦斜不整者為有別矣。」〔註33〕龍師宇純先生認為此說有待商榷。他說：籀文的繁重乃是當時文字的本來現象，非史籀改作。在文字未定形時，

〔註31〕同註27，第386頁。

〔註32〕參見王鳳陽著《漢字學》第218至219頁。

〔註33〕參見章太炎著《小學略說》第17頁。

甲、金文有簡、繁不定的寫法，有的甚至比籀文繁重。〔註 34〕由此可知，籀文的繁重反映當時的書寫習慣和文字特色。

4. 有不少訛變了的字：如「旁」字甲、金文中本從凡方聲，籀文時為從雨方聲；「中」字甲、金文作 （圖）、（圖）象旗幟飛揚狀，籀文作（圖），失去本義；「童」字金文作（圖）、（圖），籀文作（圖），將（圖）誤寫為（圖）。裘錫圭先生認為：這種情形，有時是因後來的抄寫者按照自己的書寫習慣改變了原來的寫法。〔註 35〕還有一種原因是殷周時所造的字形，在後人看來，已不識其形和義之間的必然關聯性，於是就誤寫成其他字形。如「車」字在金文中或作（圖），象整個車形，籀文時誤作為（圖），成了二車二戈。

貳、小篆的流傳與特徵

一、小篆的流傳

秦初兼天下，李斯奏請統一文字，於當時作「三倉」。其中的文字即是小篆。小篆與籀文在結構及線條風格上，都很相近。說文敘說是「皆取史籀大篆，或頗省改」的原故，然而，現代一些學者提出不同的看法。裘錫圭先生認為：從有關的文字來看，小篆是由戰國時代的秦國文字逐漸演變成的，不是直接省改自籀文。〔註 36〕王鳳陽先生也說：小篆不是李斯等人省改的產物，而是戰國時的秦人進行了這種「省改」，李斯等只是在承接後，加以取同汰異，進行規範化而已。〔註 37〕龍師宇純先生則指出：二種字體的地域相同才是主因。所以即使小篆有與籀文相同的字，也未必是李斯等「取之史籀篇」的結果。〔註 38〕

小篆與籀文之間的關係，並不僅限於「省其繁重、改其怪奇」，實際上有沿襲、簡省、增繁和改變四種情形。茲分述於後：

（一）沿襲：和籀文、石鼓文相同的，如「祝」字，石鼓文和小篆皆作（圖）；「趞」，石鼓文和小篆皆作（圖）；其他還有「特」、「迄」等例。段玉裁於注中云：「小篆復或改古文大篆；或之云者，不盡省改也，不改者多，則許所列小篆，

〔註 34〕同註 27，第 387 頁。

〔註 35〕同註 26，第 67 頁。

〔註 36〕同註 26，第 62 頁。

〔註 37〕同註 32，第 137 頁。

〔註 38〕同註 27，第 395 頁。

固皆古文大篆，其不云『古文作某，籀文作某』者，古籀同小篆也。」這段話說明說文中未列「籀文作某」的小篆，便是籀篆相同。但秦的三倉只有三千三百字，加上揚雄訓纂等，也不過七千三百字，說文中至少有近二千字的小篆來歷不明。這表示說文中並非所有沒注明古籀的小篆，即是沿循古籀。

（二）簡省：籀文字形一般比小篆繁。如「祺」籀文作禥，小篆作禥；「嘯」籀文作歗，小篆作嘯；「述」籀文作遹，小篆作述。

（三）改變：龍師宇純先生認為：「改其怪奇」的怪奇，包括三種情況：一是全字或部分結構之難明者，如誖或作悖，嗌作㗊，後者如齋、禱、崇三字並從㞷；一是表義符號不切當，如駕字從牛，肬字從黑；另一種是表音符號不切當，如駕字從各，艱字從喜[註39]。他又指出：小篆和籀文的不同，未必皆出自李斯的省改，例如：「車」、「乃」、「學」等字，小篆的形體於金文中已存在。又有的小篆，採金、古文之形，如「敢」字籀文作𣪏，形無可說，古文作𣪊，金文作𢼄，小篆作敢，可見小篆是採用金、古文的寫法。因此，究竟何者為小篆省改自籀文，當參考相關之古、籀、金文等，作個別觀察。如：「折」籀文作𣂚，與金文作𣂚合，小篆改籀文作從手的折。[註40]

小篆雖有部分承襲金文的寫法，但其中有些將金文的寫法稍作改變。如「徒」字金文多寫為徒，小篆則作徒，又如「瀕」字，金文作瀕，小篆作瀕，後來這兩個字的楷書反而是沿用金文的形體。

此外，書寫習慣的改變，也有影響。甲、金文中三個重複偏旁的字，常取上二下一形，小篆則採用上一下二形。如：「品」甲骨文作品或品，小篆則固定作品；「蟲」甲骨文作蟲，小篆作蟲。

（四）增繁：小篆也有較籀文繁的，但數量比簡省的少，如：「薇」籀文作薇，小篆作薇；「磬」籀文作磬，小篆作磬。此類字的小篆本是籀文或體，李斯等取其中一式入三倉，由此可見當時不以「簡」為標準。[註41] 說文中的小篆有兩種來源，除了出自秦三倉者，其餘有一部分是許慎據其字說，將隸書寫為篆書形式，龍師宇純先生稱此種情形為「篆定」[註42]

〔註39〕同註27，第396頁。

〔註40〕同註27，第396至398頁。

〔註41〕同註27，第396至397頁。

〔註42〕同註27，第407至408頁。

二、小篆的特徵

（一）定形化

李斯罷六國文字中不同秦文者，製訂小篆爲標準字體，採行的措施有四種：

1. 固定偏旁的寫法、有無、方向及位置：

（1）固定偏旁的寫法：如「虎」旁金文作 🔲、🔲、🔲 等，小篆則統一作 🔲；「鳥」旁甲骨文作 🔲、🔲、🔲 等，小篆固定作 🔲。

（2）固定偏旁的有無：如「福」甲、金文作 🔲 或 🔲，小篆作 🔲；「得」甲骨文從彳或不從彳，小篆固定從彳。

（3）固定字形或偏旁的方向：方向不同，即成不同的字，如「从」甲骨文作 🔲 或 🔲，至小篆以 🔲 爲「从」、🔲 爲「比」；「矢」金文作 🔲 或 🔲，小篆則以 🔲 爲「矢」、🔲 爲「夭」。

（4）固定偏旁的位置：如「好」字甲、金文作 🔲 或 🔲，小篆作 🔲；「盉」字金文作 🔲 或 🔲，小篆作 🔲。

2. 確定每字的書寫筆數：甲、金文常有繁、簡等不同寫法，只要不影響字義的表達，點劃可隨意增減。小篆時消除此種情況，確定每字的書寫筆數。如：「馬」、「酉」（甲骨文作 🔲 或 🔲，小篆作 🔲）。

3. 每字形旁固定，彼此不能代用：如「搏」金文從干或從戈，小篆固定從手；「期」金文從日或從月，小篆固定從月。

4. 以類名取代特殊的形符：「雞」、「鳳」在甲骨文時有象雞和鳳形的偏旁，小篆改從指鳥類的「隹」、「鳥」；「黿」原本也是象蜘蛛之形，小篆改從「黽」或「虫」（蛛）。

（二）線條類型化

小篆採「組字用線條」更明顯，由於弧線及二分弧是其基本成分，故呈現圓轉的書寫風格。如「兌」字，甲、金文作 🔲，小篆作 🔲；「弓」甲、金文作 🔲、🔲，小篆作 🔲。

（三）字形遷化

小篆字形失眞頗嚴重，線條類型化是原因之一，如「行」甲骨文作 🔲，金文作 🔲，小篆作 🔲；「火」甲骨文作 🔲、🔲、🔲，小篆作 🔲；誤解前人

造字本意，或形近寫錯，也造成自然訛變。有的字形，爲配合新的說解而被刻意改變。（見第四章「造作」部分）這些現象使小篆較甲、金、籀文等趨向符號化。

（四）形聲、轉注字大增

王鳳陽先生曾對甲、金文及說文小篆的形聲字做過統計，結果爲：甲骨文中形聲字佔 5%，金文約佔 9%，說文則占 80%以上〔註43〕。不過，這些形聲字，其中一部分爲轉注字，龍師宇純先生指出：從三家詩與毛詩比較看來，漢世有大量轉注字產生〔註44〕。他說：轉注字若看文字表面，是由一聲符和一形符組成，和形聲字最近；但從其形成過程觀察，則二者不同；形聲字於造字之始，即結合形符和聲符爲字，轉注字卻是經兩階段才形成的。起初只有「表音」部分，這「表音」部分也兼表義，後來加意符顯示新義。〔註45〕

（五）講究構形方整

延續籀文的基礎，而有更明顯的發展趨勢。有時爲求字形看起來方整，而改變筆勢。如：「耳」甲骨文作 ）、《，金文作 ，小篆作 ；「力」甲骨文作 、 ，金文作 ，小篆作 ；「自」甲、金文作 β、 ，小篆作 。還有一種「異化」現象，也和求字形方整有關〔註46〕。所謂「異化」，是指在文字定形後，同一偏旁，於不同的字形中，有不同的寫法。如「水」旁於小篆作 之外，也作 （益）或 （㲋）；「止」旁作 ，又作 （韋）、 （各）。

線條類型化、字形遷化、形聲與轉注字大增及字形求方整等特色，使小篆的字形和甲、金文的字形有所不同：小篆的圖畫意味減少，字形與字義之間的關係，不再是以形顯義，而是約定、提示的符號。這種情形至隸、楷時成爲定局。因此有的學者稱隸、楷爲「記號文字」或「記號表意文字」〔註47〕；小篆是象形表意文字（甲、金文）至「記號表意文字」的過渡時期。〔註48〕

〔註43〕同註32，第 458 頁。

〔註44〕同註27，第 407 頁。

〔註45〕同註27，第 130 至 131 頁。

〔註46〕同註32，第 773 至 774 頁。

〔註47〕「記號字」的說法見裘錫圭著《文字學概要》第 17 頁，「記號表意文字」之說見王鳳陽著《漢字學》第 273 頁。

〔註48〕同註32，第 489 頁。

第四章 甲、金、籀、篆的演變現象

第一節 循 化

　　中國文字儘管已經歷數千年以上的流傳，字體也有數次變遷，但許多古文字（即甲、金、籀、篆），至今仍能和楷書對照而得以辨識其義，主要原因在於這些文字的組織、結構始終未變，只是筆畫的書寫方式或偏旁位置有些改變，這種現象稱為「循化」。

　　現代研究文字學的學者們，大多未提及此一現象，只有李學勤、陳初生、董琨等先生，在其合著的《商周古文字讀本》中，提出此一名稱。[註1] 他們將循化列為「古文字形體的發展規律」之一，並作了說明：「古文字從甲骨文演變至小篆，字體和字形都發生不少改變，但大致劃分為兩種情況：一種是訛變；一種是到了小篆，仍可以從字形分析字義的，即是循化。如：『木』字甲、金文作 米，小篆作 米；『水』字甲、金文作 氵，小篆作 氵，『明』字甲、金文作 〇Ｄ、ＤＤ，小篆作 〇Ｄ。上述這些字的字形，雖然在結構上有先後筆畫繁簡、形狀、位置的不同，但無論是整體或部件，其演變都是有規律的，始終保持字形與字義的聯係。有些字由於部件發生增減或更換，使整個字形有較大變化，但只要不改變其部件與基本字義間的聯係，這種形體的發展仍屬循化。這方面最常見

────────────────────

〔註 1〕 參見劉翔等編著《商周古文字讀本》第 253 頁至 254 頁。

的例子，是象形字或會意字加義符或声符變成形聲字，及形聲字的更換義符或声符。循化規律使漢字形體的演變有跡可循。」李先生等的「循化」實為一明智的見解，指出一個向來被人忽略，卻十分重要的事實。然而，其界說中有些地方值得商榷：一、涵蓋範圍過大，一字部件增減或更換也屬循化，表示它包括繁化和簡化。二、象形字或會意字加意符的結果，有可能是轉注字，而非形聲字。轉注字和原先的字義不同，屬孳乳演化，而非一字字形的先後演變。基於這兩點，有必要重新替「循化」再訂立新的定義：一字形的筆畫或偏旁小有改變，但仍保持原來的字義及字形，稱為循化。

循化大致可分為下列幾種情形：

一、離析：包括筆畫及偏旁兩方面。例如：

（一）眉：甲骨文作 、 ；金文作 、 、 ，眉毛部分已和眼分開，小篆於是變作 。

（二）止：甲骨文作 、 ，金文則作 ，與小篆同。

（三）伐：甲骨文作 ，金文作 ，象以戈砍人頸之形，小篆作 ，人戈分離。

（四）并：甲骨文作 、 ，象兩人於地上相並列之形。小篆則分離為 。

（五）竹：甲骨文作 ，象竹葉形，小篆作 。

二、併連：偏旁或筆畫合併、連接。例如：

（一）秉：甲骨文作 ，象手持禾形，金文作 或 ，已有合併。說文：「秉，禾束也。從又持禾。」小篆採用金文的合併。

（二）自：甲骨文作 、 ，象鼻形，說文：「自，鼻也。」金文作 、 ，已有下面的筆畫相連。小篆沿用 形。

（三）囧：甲骨文作 、 ，象古窗牖形，小篆作 。

（四）米：甲骨文作 ，王筠釋：「字從 ，以一為梗，而六點則米也。」〔註2〕小篆作米：上、下的中間兩點連為一線。

（五）宴：金文多作 、 、 從宀妟聲〔註3〕（說文對此字形的解析也是如此）。小篆將「妟」由 連接作 ，故作 。

〔註2〕參見李孝定編《甲骨文字集釋》第 2397 頁。

〔註3〕參見陳初生編《金文常用字典》第 733 頁。

（六）夫：甲、金文作 ![字形]，象一成人髮上別一簪形。小篆作 ![字形]，連接表手和表腿的筆畫。

三、位移：移動偏旁的位置。例如：

（一）名：甲骨文作 ![字形]、![字形]。說文：「名，自命也。人口從夕，夕者冥也。冥不相見，故以口自名也。」金文已將偏旁移為 ![字形]，為小篆所本。

（二）囂：金文作 ![字形]，示喧嘩意，小篆作 ![字形]。

（三）友：甲、金文作 ![字形]、![字形]，小篆移作 ![字形]。

（四）涉：甲骨文作 ![字形]、![字形]、![字形]，金文作 ![字形]、![字形]，表涉水意，小篆取繁寫，且將兩止合在一起，作 ![字形] 又作 ![字形]。

四、變點為畫：

（一）天：早期金文作 ![字形]、![字形]，象人形、頭部特大，與甲骨文作 ![字形] 同，示人之頂顛。較晚期的甲、金文作 ![字形]，圓點變成一橫畫〔註4〕。小篆沿用作 ![字形]。

（二）小：甲骨文及早期金文「小」字皆作三點，為 ![字形]，表細碎之物，以示微小意，〔註5〕後期金文及小篆則作 ![字形]。

（三）介：甲骨文作 ![字形] 或 ![字形]，徐中舒先生說：「象人衣甲之形，古之甲以聯革為之，![字形]象甲片形」〔註6〕。小篆作 ![字形]。

（四）眔：甲骨文作 ![字形]、![字形]、![字形]，象流淚形，金文作 ![字形]、![字形]、![字形]，小篆沿用其中之一作 ![字形]。

（五）母：甲、金文作 ![字形]，小篆變點為短橫畫，作 ![字形]。

五、趨直：筆勢變曲折為直線。例如：

（一）女：甲骨文及早期金文作 ![字形]，象側視跪坐之女人。後期金文作 ![字形]，原本屈膝而跪之形已不明顯，篆文沿用此形作 ![字形]。

（二）且：甲、金文作 ![字形]，象神主牌位形，小篆改此字形上端的銳角形為直線，作 ![字形]。

（三）宀：甲骨文作 ![字形]，說文：「宀，交覆深屋也。象形。」小篆改作 ![字形]。

〔註4〕同註3，第4頁。

〔註5〕同註3，第74頁。

〔註6〕參見徐中舒編《甲骨文字典》第70頁。

六、曲化：筆勢變成較彎曲。例如：

（一）屮：甲、金文作 Ψ，象草形，小篆變作 Ψ。

（二）丂：甲、金文作 丁、丁，象斧柯之形，小篆作 丂。

（三）曰：甲骨文作 ㅂ、ㅂ，意指口出聲說話，金文作 ㅂ、ㅂ，已有曲化的寫法，小篆也作 ㅂ。

（四）木：甲骨文作 ✕，象樹形。金文同形。小篆筆勢變爲 ✕。

（五）刀：甲骨文作 ㇅，象刀形。小篆作 ㇅。

（六）谷：甲、金文作 ㅂ，公象溪流自山流入平原狀，ㅂ 表谷口。小篆變作 ㅂ。

循化的字例見本文後面的附表一。

第二節　訛　變

古文字形在演變過程中，因流傳的年代久遠，時常發生訛變的現象。「訛變」的定義是：一字形的偏旁或筆畫因無意的寫錯，發生改變，以致失去原意。

現代學者們對訛變頗爲重視。唐蘭先生說：字形混殽、錯誤的由來，仍逃不出演變和通轉的規律。古今字多混殽，例如：偏旁中的 ㅂ（口）和 ㅂ（ㅂ盧）、✕ 和 ✕、山（ㅆ）和火（ㅆ）等容易殽亂，因此，說文把「魯」、「喜」當作從人口是錯的，本從 ㅂ；羔字本作 ㅆ，象炮羊火上，變成 ㅆ 形，就誤爲 ㅆ（岳）字了。文字的錯誤，有些只是字形的一部分，有些是整個文字傳訛了。如 ㅂ（俎）訛作 ㅂ（宜），不過，這種例子不多。此外，有些不能算是訛變，如「寶」增攵，是一種加繁的形聲字；又如『對』字也作 ㅂ，這可證明從「辛」和從「業」的字是可以通用的。〔註7〕

唐先生的主張，常爲後輩學者所遵循。在他的這段說法中有一項缺點：由於唐先生以爲訛變的由來不離演變和通轉的規律，而演變的規律爲簡化和繁化〔註8〕，大陸一些學者便主張簡化、繁化會造成訛變，如張桂光〔註9〕、康殷〔註10〕、李學勤等先生〔註11〕，他們認爲：簡化降低了象形文字的圖畫意

〔註7〕參見唐蘭著《古文字學導論》第 248 頁至 254 頁。

〔註8〕參見唐蘭著《古文字學導論》第 225 頁。

〔註9〕參見張桂光著〈古文字中的形體訛變〉，《古文字研究》第十五輯。

〔註10〕參見康殷著《古文字學新論》第 290 頁至 292 頁。

味，並刪簡字中不重要的部分，使得字形和字義脫離關聯性，如：「員」本從鼎，甲骨文作 ，金文作 ，小篆則省從貝，訛作 〔註12〕。筆畫的增繁或裝飾性成分的添加，也會導致訛變。如「保」從 變爲 。〔註13〕這些舉例及說法有一些缺點：「員」字的從鼎訛作貝，其實是一種同化現象，因形近而致混誤，不該和簡化混爲一談。「保」的加裝飾性筆畫反映古代的書寫習慣及審美觀，當時人們爲求字形的結構對稱勻整，而加點畫：有的書寫習慣是在字的上端或豎畫中加一畫，如：「辛」字本作 ，後增繁爲 。這些增繁的情況是有意的，不同於訛變。龍師宇純先生說：訛變是無意的寫錯。〔註14〕簡化和繁化都是有意的改變字形，和訛變之間仍應有所區別。

張桂光先生說：形體訛變指的是：古文字演變過程中，由於使用文字的人誤解了字形與原義的關係，而將它的某些部件誤寫成與它意義不同的其他部件，以致字形結構上有錯誤。它與將一個字完全誤寫成另一個字的情況（如： 寫成 ）不同，它發生錯誤的只是字中的某些部件，就整個字來說，並不和別的字相混淆，因此可以作爲這個字的異體。〔註15〕他認爲這類訛變的字可算是一種異體字。林澐先生則提出不同的意見：訛變的結果，表面上也是出現異構，但一般的異構都是按一定的造字原理改變原字的構造，是一種「合理」的異構；訛變則是對原字結構不了解或錯誤理解而造成的字形變化，是一種「無理」的異構。小篆的字形，對於最初造字時的字形來說，有不少是訛變的結果。〔註16〕其實，訛變和異體字不同，兩者不應該混爲一談。

要判斷一字是否訛變，不是根據今人對字形的了解有無錯誤，而是看字形的組織成分是否由甲變成乙。若無改變，即使後人誤解，字形本身仍屬循化。

訛變的情形很複雜，大致可分爲以下幾類：

一、化 同

化同的情形有兩類，一是指甲乙形近，甲變爲乙的同化現象，包括由罕見

〔註11〕參見李學勤等著《古文字概述》。

〔註12〕同註3、註5，二者皆有此例。

〔註13〕同註5。

〔註14〕參見龍宇純著《中國文字學》第173頁。

〔註15〕同註9。

〔註16〕參見林澐著《古文字研究簡論》第103頁至105頁。

之形變爲習見之形。一是指相近諸體變爲另一體的類化現象：原本不同形的諸字，在字形演變上相互影響而採取類似的方式變化字形。〔註 17〕茲列舉部分化同的例子如下：

（一）同　化

1. 禋：金文作（圖），從宀、從西、從火、從示會意，「垔」字實從火從囪（囪後來訛作西），表火從囪上出。後來火又訛作土，〔註 18〕故籀文訛作（圖），小篆作（圖）。

2. 中：甲骨文作（圖），本義是旗幟，〇標示中間。籀文作（圖），已發生訛變，小篆作（圖），說文：「中，內也，從口丨，上下通。」其說不正確，「中」本非從口。

3. 丞：甲骨文作（圖），象兩手將人從陷坑中救出，金文作（圖）〔註 19〕。小篆訛作（圖），說文：「丞，翊也。從廾從卩從山。山高、奉承之義。」許說非本義。

4. 埶：甲骨文作（圖）、（圖），象一人手植植物之形，表種植意。金文或加從土作（圖），小篆訛作（圖），說文：「埶，種也。從坴丮。」從坴說並不正確。「叔」字也是本從木從示從又，甲骨文作（圖），象手持木焚火以祭祀。後「木」訛作「出」，小篆作（圖）。

5. 殴：金文作（圖），非小篆的從區從殳。「區」甲骨文作（圖），和「殴」字的（圖）不同。

6. 麰：甲、金文作（圖）、（圖），象以一手持麥，一手持杖打麥，爲會意字，小篆作（圖），變成從末從厂從攴。

7. 宮：甲骨文作（圖）、（圖），非從呂，羅振玉說：「象有數室之狀，從（圖）象此室達於彼室之狀。」〔註 20〕小篆訛作（圖）。「雝」也是本從（圖），甲骨文作（圖）、（圖），（圖）、口表宮室，金文作（圖），小篆訛作（圖），從邑乃（圖）的訛變。

〔註 17〕同註 14。第 290 頁。

〔註 18〕參見陳初生編《金文常用字典》第 7 頁。

〔註 19〕參見馬如森著《殷墟甲骨文引論》第 333 頁。

〔註 20〕參見《增訂殷墟書契考釋》第 12 頁——轉引自《殷墟甲骨文引論》

8. 美：甲骨文作🐑，象人頭上裝飾羽毛，本義是美觀。〔註21〕金文作🐑，
　　訛作「羊」，故小篆作美，變成從羊從大。

9. 幽：甲骨文作🔥、🔥，從𢆶從火，因絲縷細微，得用火光照才可見。
　　〔註22〕，小篆從山，爲火之訛誤。

10. 曶：甲骨文作🗒，🗒象盛冊器。〔註23〕小篆將🗒訛作🗒。同樣
　　的情形還有「會」字，其金文作🗒，🗒，象甑上有蓋之形，上下相合，
　　以示會合之意，小篆訛作會。

11. 良：甲骨文作🗒，口爲屋室，🗒象屋有廊廡形，爲「廊」的初文〔註
　　24〕金文作🗒，小篆訛作良，變成從亾。

12. 多：甲骨文作🗒，王國維釋：「多從二肉會意。」〔註25〕小篆作多，
　　說文：「重夕爲多」非本義。

13. 棗：甲骨文作🌲、🌲，象有毛刺狀的果實。石鼓文作🌲，小篆訛作棗。
　　（「卤」，甲、金文作🗒、🗒，本指酒器。）〔註26〕

14. 耑：甲骨文作🌱，羅振玉先生釋：「象植物初苗漸生歧葉之狀。」〔註
　　27〕小篆作🌱，上端類「帚」，下端像「而」，和甲骨文之形相差甚
　　多。

15. 幸：甲骨文作🗒，象古時拘手的刑具。小篆訛作幸，說文：「從大從羊」
　　實誤。

16. 書：甲骨文作🗒，《甲骨文編》：「卜辭從𠂤用爲遣」〔註28〕卜辭用「𠂤」
　　表軍隊；「𠂤」甲骨文作🗒、🗒，本義是山崗阪級。「書」小篆訛作🗒。

（二）類　化

1.「匋」金文作🗒，小篆作🗒。「旬」字金文爲🗒，小篆作旬。「勹」甲、

〔註21〕同註 19，第 376 頁。

〔註22〕參見李孝定編述《甲骨文字集釋》第 1415 頁。

〔註23〕同註 19，第 396 頁。

〔註24〕同註 18，第 600 頁。

〔註25〕同註 22，第 2287 頁。

〔註26〕同註 18，第 501 頁。

〔註27〕同註 20，第 35 頁。

〔註28〕同註 19，第 536 頁。

金文爲🖼️，小篆作🖼️。「蜀」字金文作🖼️，小篆作🖼️。原本爲ㄣ、ㄅ、
ㄅ、ㄣ，至小篆，皆訛作ㄇ。

2. 「萬」甲骨文爲🖼️，表蠍子。「禽」甲骨文爲🖼️，本義是獵具。二者至
小篆皆變作從🖼️形，「萬」作🖼️，「禽」作🖼️。

二、位 移

一字的偏旁位置移動，成另一種形體，而使字形不能明確地表達字義。例
如：

（一）反：甲骨文作🖼️，象用手壓跪之人之形，是服的本字。金文作🖼️，
已不顯本義，篆文沿用作🖼️。

（二）離：甲骨文作🖼️，本義是捕鳥。小篆作🖼️，字形不能表現本義。

（三）執：甲骨文作🖼️，本義是捕捉罪人，象壓服帶桎梏的罪人之形。
小篆偏旁位置移動訛作🖼️。

三、離 析

原本是獨體，或偏旁、筆畫連結的字，後來分開爲兩部分，導致人們誤解
字義。

（一）若：甲骨文作🖼️，象一人兩手伸向頭上理髮疏順形，本義是順。〔註
29〕金文或增口作🖼️，小篆訛作🖼️，說文：「若，擇菜也。從艸右。」
其說不正確。

（二）㣇：甲骨文作🖼️，象豕中矢倒地之形，本義是墜，倒是「墜」的本
義，金文作🖼️，小篆🖼️之）(是由🖼️上方之🖼️分離而生的訛變。
〔註30〕

（三）遽：金文作🖼️、🖼️，本只象一虎之形，說文以爲從豕虎，謂：「豕
虎之鬥不解。」故小篆訛作🖼️。

（四）異：甲、金文作🖼️，高鴻縉先生說：「象人戴由（竹器）而以手扶
翼之形。」〔註31〕小篆訛作🖼️，說文：「異，分也，從廾從畀。」

〔註29〕同註19，第285頁。

〔註30〕同註18，第82頁。

〔註31〕同註18，第286頁。

非本義。

（五）殸：甲骨文作 ，從南從殳，「南」象樂器，故本義是敲擊樂器〔註32〕，小篆 訛作 。

（六）南：甲骨文作 、 、 ，唐蘭釋爲「瓦製之樂器」，郭沫若等也認爲是樂器。《詩、小雅、鼓鍾》的「以雅以南」及《禮記，文王世子》的「胥鼓南」，南皆指樂器。〔註33〕金文作 、 ，已發生訛變，至小篆作 ，說文：「南，艸木至南方有枝任也。從 ，羊聲。」非本義。

四、筆勢改變

因筆劃的寫法改變，包括：曲化、趨直及方化等，而使字形不能正確地表達字義。例如：

（一）趨　直

1. 舌：甲骨文作 、 ，象張口舌向前伸，有所移動之形。小篆訛作 ，中間的 連成一直線，故說文誤解爲「從干從口」。

2. 卯（與寅「卯」字異字）：甲骨文作 ，象二人跪坐相向之形。小篆訛作 。（「卿」字甲骨文作 ，金文作 ，小篆變作 。）

3. 貝：甲骨文作 ，金文作 、 ，象海貝形。小篆時，上端連成一直線，成 ，和「目」相近，已失貝形。〔註34〕

4. 耳：甲骨文作 ，象耳形、金文作 、 ，小篆字形變作 ，不像耳形。

（二）方　化

1. 角：甲骨文作 ，象畜獸之角形。金文作 ，小篆由原本的銳角形變成方形，作 ，故說文云：「角與刀、魚相似。」（「刀」小篆作 ，「魚」小篆作 ）。

2. 民：甲骨文作 ，象一物刺目之形，郭沫若先生釋：「古人民盲每通

〔註32〕同註19，第351頁。

〔註33〕參見《殷墟甲骨文引論》第441頁及《金文常用字典》第643頁。

〔註34〕同註18，第654頁。

訓。」〔註35〕高鴻縉先生釋：「象眸子出眶之形，即盲字。後借爲人民之民。」〔註36〕金文作 ⊕、⊕，小篆時 ⊘ 方化，作 民，和本形相去甚遠。

3. 乍：甲骨文作 ⅄，其初形本義至今尚難有定論。說文：「乍，止也，一曰亡也，從亡從一。」但卜辭不從亡，也不當亡意來使用。卜辭中用乍爲作，如作冊寫爲「乍冊」；也有其他用法，如當作「建立」，表在義，及用作連詞等。〔註37〕金文作 ヒ、ヒ，多用爲作字。小篆訛作 ヒ，故說文有「從亡從一」的說法。

4. 自：甲骨文作 ⊰、⊱，象山崗阪級。小篆訛作 㠯，和「㠯」形近。（「㠯」甲骨文作 ⊱。）

（三）曲　化

1. 行：甲骨文作 ⊹、⊹，本義是街道，金文作 ⊹、⊹，小篆作 ⊹，筆畫出現曲化，初形本義已全不可見。

2. 辵：甲骨文作 ⊹，象人在路上行走。小篆把 ⊹ 變作 ⊹，整個字形訛作 辵。

3. 允：甲骨文作 ⊱，象人形。金文 ⊱，小篆訛作 允，說文：「允，信也，從儿，㠯聲。」頭部變成 㠯。㠯，徐中舒、高鴻縉等先生都認爲是耜的象形，爲耜的初文〔註38〕。由此可知，說文的解說非本義。

4. 束：甲骨文作 ⊹、⊹，說文：「束，木芒也。象形，讀若刺。」高鴻縉先生釋：「有刺之木。」另有一說，徐中舒先生云：「象一鋒或三、四鋒之利器。」〔註39〕金文作 ⊹、⊹，小篆訛作 束，上端尖刺部分已彎曲變形。

　　訛變的字例見附表二。

〔註35〕參見《甲骨文字研究・釋臣宰》第 3 頁。轉引自《殷墟甲骨文引論》第 604 頁。

〔註36〕參見周法高編《金文詁林》，卷 12 第 6880 頁。

〔註37〕同註 19，第 614 頁。

〔註38〕徐中舒之說見《金文常用字典》第 1170 頁。高鴻縉之說見《金文詁林》卷 14 第 8305 頁。

〔註39〕參見徐中舒主編《甲骨文字典》第 765 頁。

第三節　繁　化

　　繁化是古漢字演變、發展的一個重要趨勢，它是指增加偏旁或筆畫的現象。現代學者們對此現象有不少研究，唐蘭先生說：「增繁可分為三種：一、因文字的結構趨向整齊，在許多地方添些筆畫，使疏密勻稱，如垂直的長畫中間加點或一橫；字首是橫畫的，常加一畫或加八。二、為使文字的書法成為藝術，常加點畫或偏旁。如：汚寫作🗛，加以小點子。三、因形聲字的盛行，在較古文字上加偏旁。如：🗛增作🗛（蜀），韋字增作圍。」〔註40〕這三項分別說明了造成繁化的原因，及繁化的方式。前二項都是很好的看法，但第三項的說法倒因為果，繁化不盡然是因形聲的盛行，為配合潮流而刻意加上偏旁的，應說是為使字義的傳達更加明顯，於是加意符或聲符，造成像形聲字的形式。

　　梁東漢先生說：加意符的情形分為兩種，其中一種是為了適應記錄語言的需要，及區別同音異義的詞，加意符後意義改變，如：戔加水為淺，加金為錢。〔註41〕黃沛榮先生在〈漢字的簡化與繁化〉一文中說：人們有時為了省事，大多透過引申或假借的途徑，利用既有的文字來兼代，後來由於使用上的混淆，因此在這些文字上增加與所兼代的意義相關的義符，以確定其字義。如古人起初借用本義為「老」的「耆」字來兼代「嗜欲」的「嗜」，後來才加「口」而產生「嗜」字。王鳳陽先生說：字形繁化的原因之一是多詞共用一字求分化：由於字的同音借用，或字義的引申，加形符造成專用字的分化。而繁化的字當中，大多是加形符的形聲字。〔註42〕楊五銘先生也說：有些繁化是因記錄語言的需要而產生的，如「莫」加「日」為「暮」，使表意更明確。〔註43〕他們的說法，有一個共同處：把文字的孳乳演化和繁化混為一談，這點值得商榷。梁先生的說法實為形聲字的造字法，只能說此種方式使漢字大量增加，不能說「淺」是「戔」的繁化。黃、王、楊先生的說法實指轉注字的形成經過，因為加偏旁後，字義改變，成了新字，就不是原字的繁化；加了偏旁後，字義沒有任何改變的，才是繁化，如「齒」字原為象形字，加聲旁

〔註40〕參見唐蘭著《古文字學導論》第 228 頁至 234 頁。

〔註41〕參見梁東漢著《漢字的結構及其流變》第 49 頁。

〔註42〕參見王鳳陽著《漢字學》第 808 至 809 頁。

〔註43〕參見楊五銘著《文字學》第 228 頁。

「止」後字義相同。裘錫圭先生的說法較正確：文字結構上的變化所造成的繁化，最常見的是增加偏旁，但大部分的加旁字跟未加偏旁的原字都分化成了兩個字，這種現象可解釋爲文字的分化或字數的增加，不必看作字形的繁化。〔註44〕繁化的方式分爲下列三種：

一、增加偏旁

包括加意符和加聲符。例如：

（一）德：甲骨文作𢓽，表行走時目直視前方，有行爲端正義。〈詩、大雅、抑〉：「有覺德行，四國順之。」金文作𢛳，加心旁顯明字義，小篆作德。

（二）御：甲骨文作𢓈，從彳午声，𠂤爲待御者之形。金文或增彳止。作禦，爲小篆所沿用。

（三）龠：甲骨文作𠎤，字象編管樂器，說文：「龠，樂之竹管，三孔，以和眾聲也。」金文加𠆢，爲人口向下之形，作龠，表以口吹龠之形。小篆作龠。

（四）學：甲骨文作𡥈金文或加𡥆，或又加攴，表教幼童學習，小篆沿用金文的寫法。

（五）畢：甲骨文作畢，爲捕獸器。因捕獸爲田獵事，金文時加「田」，作畢〔註45〕，小篆作畢。

（六）樂：甲骨文作樂，從絲從木，象木上之弦，表樂器琴瑟之形。金文增「白」，白象拇指形，示以指彈奏意，作樂。〔註46〕小篆沿用金文之寫法。

（七）麋：甲骨文作麋，象形，爲鹿的一種。石鼓文加「米」標聲，作麋，小篆作麋。

（八）揚：金文作揚、揚、揚、揚等，本象人執玉揚舉之形，後爲表聲變作易聲〔註47〕。小篆作揚，由會意變爲形聲。

〔註44〕參見裘錫圭著《文字學概要》第43至44頁。
〔註45〕參見陳初生編《金文常用字典》第439頁。
〔註46〕同註45，第620頁。
〔註47〕同註46，第1011頁。

二、加筆畫

（一）爰：甲骨文作 ⿰⿱手爪，象兩手相援引之形，金文時，字形中部繁化，作
　　　⿱⿰手爪、⿱⿰手爪，小篆作⿱爪爪。

（二）冉：甲骨文作 ⿱人，是象人的鬍鬚形，說文：「冉，毛冉冉也。象形。」
　　　王筠釋：「在頰耳旁曰髯，隨口動搖，冉冉然也。」〔註48〕金文作⿰木木、
　　　⿰木木，小篆作⿰木木。

（三）春：甲、金文作 ⿰，表春意。小篆作⿱，「臼」由 ⿵ 增繁為 ⿱。

三、換偏旁

（一）換意符：限於義近偏旁代換的情形。例如：

1. 祐：甲骨文作 ⿰示又，從示從又。金文作⿰示又，小篆作⿰示右，說文：「祐，
　　　助也。從示右聲。」

2. 趄：甲骨文作 ⿱，李孝定先生引丁山釋：「趄即還本字」〔註49〕表腳
　　　往還形，會意字，示還旋意。金文增 ⿰，作⿰。小篆作⿰。止走同
　　　義，通用。「進」的情形類似，甲骨文從止，金文變為從⿰，為小篆
　　　所本，止走同義，可通用。

3. 信：金文作 ⿰人口，小篆則作⿰人言，說文：「信，誠也，從人從言，會意。」

（二）換聲符：

1. 通：甲骨文作 ⿰，從辵用聲，本義是通達。金文作⿰、⿰，⿰為小
　　　篆⿱所本，小篆變作⿰，說文：「通，達也。從辵甬聲」。聲符由「用」
　　　改換為「甬」。

2. 敨：金文作 ⿰，從攴干聲，或借用「干」表示，小篆作⿰，說文：「敨，
　　　止也。從攴旱聲。」

3. 時：甲骨文作 ⿱日之，從日之聲，石鼓文作⿰日時，換聲符為「寺」，小篆沿
　　　用。說文：「時，四時也，從日寺聲。」

4. 親：金文作 ⿰，從見辛聲，小篆作親，說文：「親，至也。從見亲聲。」
　　　聲符由「辛」改換為「亲」。

繁化的字例見附表三。

〔註48〕參見王筠著《說文句讀》卷18。

〔註49〕參見李孝定編述《甲骨文字集釋》第445頁。

第四節　簡　化

「簡化」是指簡省字形的偏旁或筆劃。說文中的「從某省」、「某省聲」，表示簡省的概念早在許慎那時已產生。所謂「省」，指合體字的偏旁，以部分筆畫代替原本完整字形的現象。表義偏旁之省，稱爲「省形」，表聲偏旁之省，稱爲「省聲」〔註50〕。

雖然，省形省聲的發生，與文字要求簡化有關，但使字形不繁重，只是造成省形省聲的因素之一。龍師宇純先生說：唐蘭先生所說的「凡可以稱省，一定原有不省的字」，大抵即由簡體字觀念出發，如果要使這理論成立，必須先肯定兩點：一、凡從某省之字，其初必皆是不省的；二、其字筆畫必相當繁重，而所省應不止於一點一畫，但這兩點皆不合於事實。有些標明從某省的字並未發現那不省的原字，又如夜字的金文寫法不屬筆畫繁重者，所省也不過一點，由此可知：省形省声不等同於後世的寫簡體字。龍師並指出：省形省聲的產生，與文字要求方正美觀、偏旁書寫可較隨便等兩點有關，如：「勞」字依說文的「從力熒省」來看，其原本可作 勞，改作 勞，較能符合簡化及方正美觀的要求。「堇」字說文云從黃省，其實堇字所從爲 黃、堇，非「黃」（黃、黃），變成從黃是因偏旁形近所致的訛亂。「受」字小篆作 受，看來與「舟」無關，但金文作 受，證明了「舟省聲」之說。此外，轉注字的形成也和省形省聲有關，如「貞」本借用鼎，後加「卜」表意，爲鼎的轉注字，與「鼎省聲」正合。〔註51〕

現代的學者，自唐蘭先生開始，就很重視簡化，至今已有多位提出精闢的理論，不過，他們的說法有不少相同之處〔註52〕，茲舉高明先生的說法爲代表，其說涵蓋的範圍較大，其內容如下：「一、變圖形爲符號：早期漢字多爲按物繪形的象形字，後來只以簡單的符號作代表，如『車』字甲骨文作 車，金文後

〔註50〕參見龍宇純著《中國文字學》第327頁。

〔註51〕同註50，第328至350頁。

〔註52〕王鳳陽先生認爲「自身簡化」可分成兩種：構字用線條的省併及組字成份的省併。（參見其著《漢字學》第788至792頁。）

　　　姜寶昌先生認爲簡化包括：一、肥筆改爲勾廓或瘦筆。二、減少線條。三、減少偏旁。四、較繁之字只保留其特徵部分。（參見其著《文字學教程》第714至718頁。）

　　　林澐先生主張簡化有三種情形：總體性簡化、截除性簡化、併劃性簡化（參見其著《古文字研究簡論》第71頁至85頁）

由複雜的圖形變為簡單的符號 。二、刪簡多餘和重複偏旁：會意字有時為了表示字義，起初堆砌許多偏旁，造成字體的繁重，書寫極為不便，於是刪掉一些重複的偏旁。如『韋』字金文作，示宮廷四周有衛士巡跡，後來省作。三、用形體簡單的偏旁，替換形體複雜的偏旁：形聲字最初選用形符和聲符時，力圖和本字的音義相近，顯明特徵，因而難免字體過繁，為使字體簡化，採用以形體簡單的偏旁替換形體複雜的偏旁，如『城』字金文作，後來換為義近偏旁的土，小篆作。四、截取原字的一部分代替本字：古漢字在未完全定形前，同一個字存在著或繁或簡的多樣寫法，但這些寫法都保存了一共同的基本特徵，簡化字形時，只保留了這基本特徵代替本字。如『馬』字甲骨文作也作，金文、小篆多保持馬頭及四足之形，作。五、用筆劃簡單的字體，更代筆劃複雜的字體：這種簡化方法大致由兩種原因造成，一是由於本字形體過繁，書寫不便，暫借一簡單同音字代用，因久假不歸，逐漸代替本字；一是舊字形體複雜難寫，重新造簡體新字。無論何者都是以更換字體的方法進行簡化。如金文中的，經傳皆以『原』字代用；再如以鮮代鱻等。」。〔註53〕他的說法中，有二點值得注意：一、「變圖形為符號」及「截取原字的一部分代替本字」兩項難有明確的界定，如「車」字也可屬於「截取原字的一部分代替本字」。「馬」字也可屬於「變圖形為符號」。其實，簡單地說，二者皆屬「簡省筆劃」。(「馬」字金文、小篆的寫法較甲骨文的簡寫更簡，可屬「簡省筆劃」)。二、「用形體簡單的偏旁替換形體複雜的偏旁」這項，必須注意的是：得以同區域文字先後的不同為對象。不同區域所產生的差異寫法，可能是甲地的人造一種寫法，同時乙地的人造另一種寫法，後來其中一種流傳下來，另一種則被淘汰，這只能說是選擇和淘汰，不能算是替換。

　　姜寶昌先生對簡化的看法中，有一項值得重視：多種表具體物名的形旁，為其中一種義近且簡易的代表物名所代替，如「鳳」字甲骨文的形符是象鳳鳥形，「雞」字是象雞形，至小篆時，皆換作表鳥類「鳥」旁或「隹」旁。又如「蛛」字甲骨文本象蜘蛛之形，小篆時改從表昆蟲類的「虫」旁。〔註54〕

　　簡化主要有下列幾種方式：

〔註53〕參見高明著《中國古文字學通論》第 135 頁至 138 頁。

〔註54〕參見姜寶昌著《文字學教程》第 733 至 734 頁。

一、減少偏旁

（一）舂：甲骨文作[字形]象兩手持杵舂禾之形，本義是舂穀。金文作[字形]、[字形]，有的省去一禾，爲小篆所本。

（二）系：甲骨文作[字形]，金文作[字形]，籀文作[字形]，象手繫絲之形，小篆省作[字形]。

（三）櫑：說文：「櫑，龜目酒尊，刻木作雲雷象，象施不窮也。從木畾聲。[字形]，櫑或從缶。[字形]，櫑或從皿。[字形]籀文櫑。」金文作[字形]、[字形]、[字形]等，小篆省作[字形]。

二、減少筆劃

（一）文：甲骨文作[字形]、[字形]，金文作[字形]、[字形]等，象人身有花紋形。本義是文飾。說文：「文，錯畫也。象交文形。」穀梁傳：「吳，夷狄之國也，祝髮文身。」范注：「文身，刻畫其身以爲文也。」小篆省去[字形]、[字形]、[字形]等表刻畫之文飾，作[字形]。

（二）車：甲骨文及早期金文作[字形]、[字形]，象車之全形，後來或簡省作車，爲小篆所本。

（三）耋：甲骨文作[字形]、小篆作[字形]，說文：「耋，年八十曰耋，從老省，從至。」

三、換偏旁

（一）孕：甲骨文作[字形]、[字形]，象一孕婦懷子之形。小篆改作[字形]。

（二）姬：甲骨文作[字形]、[字形]，從每臣聲，古時「每」通母，也通「女」，金文作[字形]，換「每」爲「女」，小篆沿用作[字形]。

（三）妘：金文作[字形]、[字形]，從女員聲，[字形]乃員之異構。[註55] 說文：「妘，祝融之後姓也，從女云聲。[字形]，籀文妘從員。」小篆改換聲符作[字形]。

（四）踵：金文作[字形]，從止童聲，小篆改作[字形]，說文：「踵，跟也。從止重聲。」

四、用簡單的筆畫代替複雜的部分：如「且」字，早期金文作[字形]，吳大徵說：「[字形]象日初出未離於土也。」甲骨文[字形]，下部作[字形]乃因刀刻不便，

〔註55〕參見陳初生著《金文常用字典》第 1018 頁。

僅鉤其輪廓之故。後期金文或與日離析而變作一，為小篆所本，作 🔲 。〔註56〕

「山」字甲骨文作 🔲 ，象山峰，後期金文作 🔲 ，只以簡單的線條代表山形，小篆因此作 🔲 （甲、金文只有一種寫法，沒有繁簡之分，而金文、小篆顯然比甲骨文簡化，故山雖是象形字，仍可列入簡化，屬特殊的字例。）又如「受」字，也由 🔲 省作 🔲 。

簡化的字例見附表四。

第五節　造　作

龍師宇純先生說：字形的遷化情形有二：一為自然訛變，一為人為造作，訛變是漸進的，無意識的；造作是突發的，有意義的。發生字形突變的字，因古說失傳，字形又或演變過甚，無由推知本形本義，於是附會遷就，出現了新的字形，而突變之後，適可以配合一個新的說解。這種情形多發生於小篆。從小篆來看，字形與說解配合貼切，並無可疑之處，但持此等字說，看其甲、金文，便覺扞格難入。不過，造作的現象，早在周代便已出現，如「易」字甲骨文作 🔲 ，其本義不詳；金文或作 🔲 ， 🔲 較小篆的 🔲 更像蜥易，可知小篆釋「易」為蜥易，其原可推溯至金文〔註57〕。

唐蘭先生也提出類似「造作」的主張，但他稱為「變革」、「突變」。他說：文字的變化，到了某種程度，或者由於環境的關係，常會引起一種突然的，劇烈的變化，這就是「變革」。「變革」是突然的，顯著的，不同於在不知不覺逐漸改變的情形。〔註58〕突變的文字和漸變的文字不同之處在於：漸變的文字，雖然有古今的不同，但文字的本質沒變，它們的歷史是能聯貫的，如繁化、簡化；突變的文字則不同了，它們的原始形式湮滅，繼之而起的是另外一種形式，故難以從後者逆溯前者。突變的方式，有三種：一、凡較冷僻或罕用的字，常被改為別一相似的字，如「蟬」、「蠅」等字本象蟬、蠅之形，後來改從「黽」（蛙之意）。二、本是圖形文字，因受形聲文字的影響而注音，後來把原來的圖形省略，成形聲字，如：鳳字本象鳳之形，後加注凡聲，小篆作鳳，變成從鳥

〔註56〕同註55，第 677 頁。

〔註57〕參見龍宇純著《中國文字學》第 390 頁至 395 頁。

〔註58〕參見唐蘭著《中國文字學》第 116 頁至 117 頁。

凡聲。三、本是用圖形表達的象意文字，改爲用音符的形聲文字，如 🔲 改作從貝毌聲的「貫」。〔註59〕唐先生的看法，可說是卓見，但其所說的方式，似有值得商榷之處：第一種方式類似訛變中的化同，如依其說，「黿」字是否也屬突變？第二種方式類似簡化中義近形旁的代換，若由小篆的「鳳」字要推溯至甲骨文中的字形，仍是有跡可循。第三種方式則可屬異構的範圍，必須注意的是，若是一字在同時期有會意、形聲等數種區域性的寫法，後來只有形聲一種流傳下來，其他會意的寫法遭到淘汰，這就不屬突變，而是字形的選擇和淘汰。

　　茲舉造作數例如下：

　　一、卑：說文：「卑，賤也，執事者，從左甲。」金文作 🔲、🔲、🔲，非從甲（「甲」金文作十），也不一定從左。陳初生先生認爲從田從攴，或從田從尹。〔註60〕康殷先生認爲此字本作 🔲 形，「甲」是錘，以「婢」（ 🔲 ）看來，甲是用以壓服奴僕的器具，後轉爲卑賤、低微等意，說文改作 🔲。〔註61〕朱駿聲則以爲卑即椑字象形，與尊字本同爲酒器，引申爲貴賤之稱。龍師宇純先生認爲朱說可從。〔註62〕

　　二、熏：小篆作 🔲，說文：「熏，火煙上出也。從屮從黑，熏黑也。」但金文作 🔲、🔲、🔲，本形本義不詳，不過，可確定的是：金文並非「從屮從黑」。〔註63〕

　　三、章：小篆作 🔲，說文：「樂竟爲一章。從音十。十，數之終也。」但金文作 🔲、🔲，不從音也不從十，其本形本義難明。康殷先生認爲：「章」是刻成 🔲 形的玉器，由玉器的花紋引申爲文章、文采意。周代較晚期的金文有作 🔲（璋）的，是加玉示其本義，說文另列「璋」字，解作「剡上爲圭，半圭爲璋，從玉，章聲。」〔註64〕康先生之說可供參考。

　　四、佣：小篆作 🔲，說文：「佣，輔也。從人朋聲。」甲骨文作 🔲、🔲，

〔註59〕參見唐蘭著《古文字學導論》第 234 頁至 236 頁。

〔註60〕參見陳初生著《金文常用字典》第 335 頁。

〔註61〕參見康殷著《文字源流淺說》第 418 頁

〔註62〕同註57，第 392 頁，朱駿聲著《說文通訓定聲》卑下云：「凡酌酒，必資乎尊；禮器，故爲貴。椑便於提攜，常用之器，故爲賤。」

〔註63〕同註57，第 392 頁。

〔註64〕同註61，第 310 頁。

金文作（字形），龍師宇純先生說：「古時貨貝五貝爲朋。金文貝朋之朋作（字形），朋友字作（字形）。朋鳳本不同字，自漢以來，混（字形）與朋爲一。」〔註65〕

五、對：小篆作（字形）或作（字形），說文：「對，（字形）無方也。從丵從口寸。對或從士。漢文帝以爲責對而爲言，多非誠對，故去其口以從士也。」此字甲骨文作（字形），金文作（字形）、（字形），（字形）爲（字形）的形變。字象手持樹木植于土上，以示疆域的分界。疑其本義是疆土的分界。〈詩、大雅、皇矣〉：「帝作邦作對，自大伯王季。」楊樹達《小學述林》引陳公培之說：「以對與邦并言，對義當與邦近。」高亨：「邦，借用封。封，邊疆也。對，與疆同意。」此說可存。〔註66〕

造作的字例見附表五。

〔註65〕同註57，第300頁。

〔註66〕參見馬如森著《殷墟甲骨文引論》第331頁至332頁。

第五章　甲、金、籀、篆的演化現象

第一節　歧　分

　　歧分是一種分化現象，「分化」是指：由一字變化成新字；或賦予一字以新的生命，使成爲另一個字〔註1〕，它包括：一、利用現有文字加以增損改易。如：「刀」字加一點成「刃」字；「鳥」字少一點成「烏」字；「大」字改變筆勢成「夨」字。二、反文（如反「永」成「派」），倒文（如倒「首」爲「県」，県音義與梟同。）。三、利用聯想，以和其義有關的象形字表示，而字形不變，如甲骨文「月」「夕」同形，或以「帚」爲「婦」。〔註2〕三者皆造字法，但第三種情形本是「同形異字」，因爲容易造成字義辨認上的困擾，後來演化成不同的字形，與前兩種情形有別，故稱後者爲歧分。前兩者和字形的改變無關，不在本文的討論範圍之內。歧分是因應精確記錄語言的要求而產生的。它是將原有的同形異字區分開來，亦即別嫌。因此，要瞭解古漢字演化的情形，就必須探討歧分。

　　唐蘭先生說：分化的方法，是更換物形位置，改易形態，或採用兩個以上的單形，組成較複雜的新文字。如「人」倒寫是「匕」，人荷戈是「戍」字。〔註3〕

〔註1〕參見龍宇純著《中國文字學》第 276 頁。

〔註2〕同註1，第 107 頁至 109 頁。

〔註3〕參見唐蘭著《文字學導論》第 86 頁。

龍師宇純先生認為「採用兩個單形，組成新字」一說，涵蓋了一切的會意、形聲字，從理論而言，並不恰當。〔註4〕

裘錫圭先生說：「漢字由於語義引申、文字假借等原因，一個字表示兩種以上意義或音義的現象，是很常見的。……分散多義字職務的主要方法，是把一個字分化成兩個或幾個字，使原來一個字承擔的職務，由兩個或幾個字來分擔。」〔註5〕他的說法有部分是正確的。分化只包括：因語言孳生關係，在意義上變動所產生的轉注字，亦即和「語義引申」有關者，如由「昏」孳生的轉注字「婚」。至於因文字假借產生的轉注字，如由「果」假借而成的「裸」字，其始只是由於讀音相同或相近，偶然借用而來的，與字形無關，故本文不以分化視之。

歧分的方式有下列幾種：

一、改變筆畫：例如：

（一）史、吏：龍師宇純先生說：「事」、「吏」、「史」三者本為同形異字，「史」與「吏」皆從「事」分出。但其分化有先後。「史」的分化在先，「史」為「事」的孳生語，「事」原作 ，當分出「史」之後，以 表「史」，並改 為 、 ，用以表「事」。故甲、金文中「事」與「史」的字形不同。金文「吏」「事」共一字，後來固定以 為「事」，以 為「吏」。說文 省聲之說不足以採信。〔註6〕

（二）音：甲、金時和「言」同形，春秋以後，加一畫作 和 （言）區別。

（三）卿：「卿」、「鄉」、「饗」原本皆作 ，本義為饗，後來也用來指公卿〔註7〕。 小篆作 （鄉），「卿」則因歧分而改作 。

二、加意符：例如：

（一）社：甲骨文中，「土」或讀為「社」，表土地之神。東周以後，加「示」作「社」。

〔註4〕同註1，頁277。

〔註5〕參見裘錫圭著《文字學概要》第253頁。

〔註6〕同註1，第210頁、322頁及347頁。

〔註7〕參見徐中舒著《甲骨文字典》第1014頁。

（二）命：「命」本作「令」，古代有複聲母 ml-，後來因語言中的複聲母單一化，而分為 m-和 l-，「命」是由「令」分化出來的新字，加「口」和「令」作區別。此外，「麥」和「來」也是一例，「麥」由「來」分出。

（三）師：「師」甲骨文作 𠂤 和「𠂤」同形，金文或增「帀」作師。「𠂤」在甲、金文中表軍隊意，師旅駐地也稱𠂤，為區分兩義而別形。于省吾先生說：「京𠂤之𠂤，由於𠂤旅的拱衛而得名。」〔註8〕

三、採用異體字為另一字：

（一）晶：「晶」甲骨文作 ⬡、品，象星形，和加「生」的 ⬡ （星）同義，後來「晶」表「晶亮」的引申義，和「星」區分。〔註9〕

（二）夕：本和「月」同形，「月」甲骨文作 ☽ 或 ☾，東周以後，☾ 作「月」，☽ 作「夕」。

（三）鍾：金文裡，「鍾」是「鐘」的異體字，都用以表鐘鼓意，後來「鍾」專表達壺鍾意。〔註10〕

歧分的字例見附表六。

第二節　轉　注

文字的演化，從以象形字為主發展至形聲字佔多數，其中改變的關鍵便是轉注，轉注字表面上看來和形聲字相同，皆是由一聲符一意符組合而成的，但二者形成的過程不同。龍師宇純先生說：文化進展至某個階段，便自然而然形成某種文字，再進展又形成他種文字。各類文字之中，有的是獨立發生，有的則是已有的文字，使用日久後的「潛移默化」，譬如由表形、表意字發展出兼表形意，兼表形音及小部分兼表意音的文字。「聲符」的發現和運用，正是由轉注發展來的，它貫聯了象形至形聲間的系統發展。轉注字實經兩階段而形成，其初只有「表音」部分，這「表音」部分為字的本體，後來加意符，形成新字。

〔註8〕參見《甲骨文編》第 506 頁。

〔註9〕參見龍宇純著《中國文字學》第 140 頁：甲骨文 ⬡ 既為星，又為晶瑩字，一方面為象形，一方面為會意，也可以看出象形與會意的關係。第 202 頁：甲骨文星字作 ⬡ 若 ⬡，其後分化，固定以中為點者為晶字。

〔註10〕參見陳初生編《金文常用字典》第 1135 頁。

轉注字源於語言孳生及文字假借，運用增加或改易意符，使原先的象形、會意字轉化出新字。故轉注是化成文字的途徑之一，其與象形，會意、假借之間有明顯的蛻變關係。〔註11〕形聲字則是一開始就結合聲符和意符造成一字，屬造字法，和語言孳生或假借無關。轉注字的數量甚多，「形聲字」中部分實爲轉注字。

關於「轉注」的界說，至今眾說紛紜，莫衷一是。龍師宇純先生對「轉注」提出很明確的解說：轉注字是「因語言孳生或文字假借而兼表意」的「音意文字」。由語言孳生者表原字的引申義，其初只寫其母字，後世爲求引申義和本義的表達有所分別，於是加意符，而原來的母字退居成音符，如「右」的轉注字「祐」；「取」孳生出「娶」。文字假借者原先用同音字兼代，後來爲區別字的本義和借義，而加意符。如「裸」和「婐」都先借同音字「果」來表示，後來才分別加注示或女旁。〔註12〕

唐蘭先生說：由舊的圖畫文字轉變到新的形聲文字，所經過的途徑之一是轉注。由轉注來的文字，主要意義在形符。如「老」字和「弖」字、「丂」字、「句」、「至」字等，本來不是一個語言，只因意義相同，造新文字的人，就把「弖」、「丂」、「句」、「至」等字，都加上一個「老」字的偏旁，作成「壽」、「考」、「耆」、「耋」等字，所以轉注是以形符作主體的。數語一義，寫成文字時統之以形。又因同意語太多了，便找一個最通用的語言形符來統一它們，也就是所謂的「建類一首」。〔註13〕然而，從唐先生所舉的字例來看，「弖」象田地耕治之形；「丂」甲骨文象斧柯之形；〔註14〕「句」表言語曲折意；〔註15〕「至」象箭射中之形，本義是「到」，這些字彼此意義不同，也和「老」無關。「考」字從老字表意，省去匕的部分，從丂爲聲，屬形聲字〔註16〕其本義是老，和老字的關係只是同義字。但實際上，轉注是一種文字孳乳、分化的現象，並非同義字的歸併，所以唐先生的說法並不正確。

〔註11〕參見龍宇純著《中國文字學》第 155 頁，第 130 頁至 131 頁及 135 頁至 141 頁。

〔註12〕同註11，第 119 頁至 126 頁。

〔註13〕參見唐蘭著《文字學導論》第 99 頁至 101 頁。

〔註14〕參見陳初生編《金文常用字典》第 562 頁。

〔註15〕同註14，第 326 頁。

〔註16〕同註11，101 頁。

姚孝遂先生說：戰國以後，形聲字佔的比重愈來愈大。形聲字是文字孳乳分化的一種重要手段，形符實際上沒有太多表意作用，而是作爲區別符號，加形符可減少通假字，增加專用字。文字在其孳生過程中，用不同的符號形體來表達不同的概念，爲了使符號簡單且便於掌握，於是充分利用原有的基本形體，組合成新的符號。例如「莫」從「日」、「暮」又從「日」；「受」甲骨文作 ⚡ 已有手之形，後來又加「手」成「授」。〔註17〕姚先生所謂的形聲字，按照其解說及舉例來看，實爲轉注字。「莫」爲「暮」的本字，莫被借用表他義後，加「日」成「暮」來區別借義，顯明本義，這如同「然」爲「燃」的本字，「燃」是保持本義的轉注字。「受」的本義是承受，但卜辭中也用作授與，其轉注字「授」只是強調此字義的專字。它和「昏」的轉注字「婚」情形相同。

轉注字的形成有下列三種情形：〔註18〕

一、因語言孳生而增改意符：可分爲兩類：

（一）增意符：除了前文已舉出的祐、娶、祖、婚等字之外，還有：

1. 政：由「正」產生的轉注字。說文：「政，正也。從攴，從正，正亦聲」。

2. 禮：甲骨文爲「豊」，「豊」字象盛玉獻神祇之器，引申爲求神祈福，加示專表此義。

3. 禘：甲骨文爲「帝」，在卜辭中用以表天帝或先王，〔註19〕隨著字義範圍的擴大，加示專表本義。

（二）改意符：如「梳」字，古書用「疏」，說文云：「梳，所以理髮也。從木，疏省聲。」可知梳是由疏變化來的。相同的例子還有：「熒」變化爲「螢」，「流」變化爲「旒」等。〔註20〕

二、因文字假借而增意符：也分爲兩類：

（一）加意符以別於本義：除了前已舉的「裸」、「媒」之外，還有：

〔註17〕參見姚孝遂作〈古文字的符號化問題〉及〈古漢字的形體結構及其發展階段〉兩文。

〔註18〕同註11，第121頁至126頁，及156頁至160頁。

〔註19〕參見徐中舒著《甲骨文字典》，第7頁。

〔註20〕同註11，第123頁至124頁。

1. 貞：本借用鼎字，後加卜表意，以別於鼎。

2. 誨、悔：借每字表音，後加言、心旁，和「每」的本義區別。

3. 祿：甲骨文本借用「彔」字，作 🔣，金文作 🔣，小篆加示，成表福祿之專用字。

4. 祠：「司」本義爲發號命令，甲骨文借用來表祭祀意的「祠」。西周甲骨文加示爲轉注字。

5. 茲：甲、金文作 🔣（丝），本義是絲，借爲茲，小篆作 🔣，說文：「茲，草木多益。」

6. 諾：金文借用「若」，小篆才加言。「若」甲骨文作 🔣，象一跪坐之人，伸手整髮之形，本義是順，和諾言無關。

7. 梁：金文借「🔣」，作 🔣，汃爲梁的初文，郭沫若先生謂「汃」之義爲堰，象以耒掘沙石以障水，引申爲橋梁。〔註21〕說文：「梁，米名。」小篆加米旁顯明其字義。

（二）加意符以別於其借義：除「燃」、「雲」之外，還有：

1. 箕：原本字形爲「其」，「其」被借用作代名詞後，本義反而被遺忘，於是加竹表本義。

2. 國：本字爲「或」，說文：「或，邦也。」被借作虛詞後，加囗和借義作區別。

3. 懸：初文爲「縣」，作 🔣，從木從系從首，象懸首於木上會意。但金文中，「縣」也借爲表行政單位，故加心旁和借義區別。

三、以一字爲本體，變其形貌以別義：與加意符之作用並無不同，〔註22〕如：

（一）朞：由「期」變化而來，音也有異。「朞」專指朞年，以別於「期」之言週期、期會。

（二）百：甲骨文「百」原借「白」表意，作 🔣、🔣等形，字上有橫畫的，原是合文「一百」，後改以 🔣 專表「百」字。

（三）丕：金文借不爲丕，後加一橫畫成「丕」。

〔註21〕同註13，第721頁。

〔註22〕同註10，第159頁至160頁。

（四）在：本借「才」表示，金文加士聲區別，作為「在」專字，小篆改士為土。

（五）猷：從「猶」字分出。「猶」專言猶如、猶豫。猷，則指謀猷。

其他如：陣、勾、刁、茶等轉化自陳、句、刀、荼的轉注字，皆屬同類情形。

轉注的字例見附表七。

第六章　甲、金、籀、篆變化的原因

第一節　實　用

　　甲、金、籀、篆的變化研究，是一種史的考察。史的考察有兩個最重要的對象，一個是過去的事實，一個是動機和價值。人類的歷史不由自然力，主要是由他自己的自由意志所推動，自由意志由動機所驅使，動機則是吸引意志的種種價值；它們是歷史學必須運用的基本範疇。〔註1〕

　　甲、金、籀、篆不是一時一地一人所造成，已見前述，它們的變化，更非一時一地一人所能做到，絕大部分是在一千多年間，由各地的千千萬萬人流傳時，爲了需要，有意（如繁化、簡化等）或無意（如訛變）的逐漸改換而成，茲分述於後：

一、顯　義

　　增加和字義有關的偏旁，使字義更明顯。它是造成繁化及轉注的原因之一。文字作爲傳遞信息的工具，必須具備精確性、嚴密性，以避免含混所造成的誤會，並增加使用的效率。對解決此一問題，漢字運用其形符具像的特性。據心理學研究得知，人們對語言的理解，都必須先經過一定形式的信號刺激，產生聯想後，通過思維理解語言。漢字提借有理據的形符，使大腦能根據這個

〔註 1〕參見閱明我著《簡易哲學》第 38 頁。

形符,較準確地產生知覺的對象〔註2〕。此外,有些獨體字的涵義具類別性,如「气」、「金」、「木」、「水」、「鳥」、「艸」等,皆可和其他的獨體字結合,作為某件事物的專有名稱,使人見此字,便知其事物的性質、類別,如:「柏」、「松」等屬樹木類,「雞」、「鴨」等屬鳥類。因此,當原本的字形隨著時空轉移,失去形符表義的功能,或因語言的孳生、假借,字形不足以清楚傳達字義時,便用增偏旁提示字義的方式來加以改善。例如:

(一)誥:金文本作,從言從収,象雙手捧言,以示尊崇。本義是上位者告下屬之言,小篆改作,說文:「誥,告也。從言告聲。」〈廣雅‧釋詁〉:「告,語也。」將雙手換為告,既可彰顯字義,又可明其聲。從現象而言,乃屬繁化。

(二)盥:甲骨文作、,象手在皿中洗滌之形,本義是洗手。後來變作雙手,增「水」旁,使字義的傳達更清楚,小篆作。

(三)箕:甲骨文作,象簸箕形,金文或作,後來為別於其借義,小篆加「竹」顯明本義。

(四)鄭:金文時假「奠」表地名,說文:「鄭,京兆縣。周厲王子友所封。從邑奠聲。」小篆加「邑」和奠的本義區分。

二、便 寫

即方便書寫。為求快速而簡省偏旁或改變筆勢,造成簡化及循化。文字是書寫的工具,若其簡單、方便寫,可省力省時,提高使用效率。且筆畫太多的字有難學難記的弊病,據實驗結果得知:超過十三劃以上的字形,觀察較困難。〔註3〕因此,只要不影響字義的表達,即可簡省偏旁、筆劃。其次,根據生理習慣,把摹物圖形的線條改為整齊化、類型化的線條,從原本各式各樣的寫法趨向固定化,不僅造成循化,書寫起來也更方便快速。小篆的組字用線條改為直線、圓弧及二分弧(見第三章小篆的特徵),就是應此需要而產生的。便寫方面的例字如下:

〔註2〕參見趙世舉著〈從信息社會對語言文字的要求看漢語、漢字的優長〉,及呂作昕著〈從人體的信息接受和大腦功能特點看漢字的優越性〉。二文皆收於《漢字漢語學術研討會論文集》。

〔註3〕參見艾偉著《漢字問題》第13頁。

（一）黍：甲骨文作◇、◇，象黍形。或加從水。金文作◇，將原本象黍散穗之狀改為禾。小篆沿用金文作◇。

（二）卒：甲骨文作◇，小篆省作◇，筆劃減少。

（三）車：甲骨文作◇，象車之全形，金文或簡省作◇，為小篆所本。

（四）馬：甲骨文作◇、◇、◇，金文作◇、◇，已較甲骨文的圖畫意味降低，也較易書寫，石鼓、小篆沿用金文中的◇。

其他如義近形旁的代換（「城」由「◇」換作「土」）也是為符合便寫的要求。

金文中◇常作◇、◇也常作◇，如◇作◇（「巩」金文作◇，或作◇），又如「戒」金文作◇，或作◇，「兵」字也是如此。這是因講求快速而造成筆劃相連的現象。

三、別　嫌

為區別同形異字或形近的字而改造字形，造成繁化、循化或歧分。古漢字既是以具象的形符作記錄、傳達的工具，就得求彼此字形上的差異，以免導致含糊或混淆的問題。理論上從符號學的角度來說，文字作為一種符號系統，其各個元素都必須具有把該符號與其他符號區別開來的「示差性功能」，以確保能明晰地表現字義。〔註4〕甲、金文中的同形異字，有部分是彼此字義全無關聯，只是同形；部分是字義相互有關的。前者因別嫌而加點畫、改變筆勢，屬繁化或循化；後者也是為了有所區別而歧分。例如：

（一）「周」與「田」：周字甲骨文、金文作◇，加四點是為別於田字。

（二）「士」與「土」：「士」金文作士或土，上下兩橫長短隨意，但至小篆，為和土字區別，固定上長下短者為「士」。從現象來看，士字屬循化。

（三）「世」與「止」：世字金文作◇、◇，和止字金文的字形很相近，後來作◇，和止字區別。世字的情況屬繁化。

（四）「言」與「音」：甲骨文中言音同形，後來於◇內加一橫為音，和言歧分開來。

（五）「工」與「壬」：壬字甲骨文作工，工字甲骨文有工、◇二形，前者與壬字無別。壬字金文作◇，小篆作◇，與工字之形不同。

〔註4〕同註2，參見趙世舉之文。

第二節　美　化

除了實用性之外，古漢字還深具藝術性。所謂「藝術」是指：用心思造成，具有美的價值，予人美的感受的作品。藝術不只和直覺有關，也有其發展的理論基礎，亦即有理性思考作爲衡量的標準。藝術是離不開畫面與實體的，只有通過藝術技巧去表達意識、意念，這作品才具藝術價值。古漢字正是先民對形象產生思維後形成的傑作。其講求美化的準則，從後世的書法理論中可得知：字形的結構安排要求均勻平衡、緊密平穩。如王羲之說：「分間布白，遠近宜均，上下得所，自然平穩。」（見《筆勢論十二章》）清代王澍說：結體欲緊（見《論書賸語》），劉熙載云：「體勢要奇而穩」（見《藝概》）〔註5〕。先民則透過「使字形趨向方整」，或「加裝飾點畫」的方式，體現這一準則。茲分述於後：

一、裝　飾

金文以具象的形符爲主，既像圖形，且無固定寫法，就難免因審美觀（如求勻稱）〔註6〕，或受當時的書寫習慣影響，加入一些和字義無關的裝飾筆畫，造成繁化。王筠在《說文釋例》中所謂的「文飾說」，指的就是這種現象。這些裝飾筆畫和字義的表達無關，例如：

（一）豎畫中間常加 ·、· 後來又變爲一；或豎畫直接加一。例如：生字甲骨文作 ，象草出生地面形，本義是生草，金文作 ，或 ，小篆變點爲一，作 ；年字甲骨文作 ，象人負禾，表收成意，金文時 或加點飾作 ，後變爲小篆的 。還有如：聿（ → ）、身（ → → ）、土（ → → ）、廿（ → → 廿）、辛（ → → ）等。

（二）字首的橫畫其上方常再加一畫，例如：「雨」甲骨文作 ，象天下雨之形，金文作 ，小篆上加一橫，作雨。類似的例字尚有：帝（ → ）、言（ → ）、辛（ → 辛）等。

（三）字末加一或加 ，如：「亙」甲骨文作 表回轉意，小篆作 ；「奠」甲骨文作 ，金文作 、 ，小篆作 。

（四）加些短畫，例如：「易」甲骨文作 ，象日在雲氣上，本義是日昇，金文或加二、三點爲裝飾，作 、 ，小篆變作 。

〔註5〕參見《書藝學圖解下》第99至100頁。
〔註6〕參見唐蘭著《古文字學導論》第229頁。

其他的情形還包括：「保」甲骨文作 ，早期金文作 ，後期金文增飾一點或二點作 、 ，小篆作 。「商」甲骨文作 ，金文、籀文多增飾⊙〔註7〕，如籀文作 。

二、方　整

甲金文藉偏旁的位置關係表達字義，故部分字形參差不齊。發展至籀、篆，是否像物形已非最主要的條件。線條的書寫風格改變，行款要求整齊，字形結構也講究緊密，導致字形趨向方整，造成繁化或簡化。例如：

（一）兩個偏旁合用部分筆畫或一個偏旁：如「羆」本從熊罷聲，若兩個皆寫，字形太長，筆畫太繁，故採「省聲」（罷省聲）的方式，使字形保持一定的面積大小。又如「夜」字，說文云「從夕，亦省聲」， 的字形較 結構緊密。

（二）筆畫改變：如「臣」甲、金文作 ，象豎目之形，表屈服義，小篆作 。又如「九」甲骨文作 ，金文作 ，小篆作 。

（三）調整偏旁位置：如「加」金文作 、 ，小篆改作 。「幼」甲骨文作 ，小篆作 。「印」甲骨文作 ，小篆變作 。「災」甲骨文作 ，小篆改作 。

（四）加偏旁：如「趨」金文作 ，小篆加一目，作 。

（五）字形立化：唐蘭先生說：古代圖畫文字的字形是自由的，這種自由式的文字，到了長篇大段後，就受了拘束。在卜辭彝銘中，每字的長短還是自由的，寬度卻趨於畫一。這對字形發生巨大的影響，原來橫向的字，如象、目等，變爲直立（「目」由 作 ），而原本較寬的字形，也加以簡省，如韋字由 省作 〔註8〕。這段話說明字形的發展受行款的影響。

第三節　配合字說

龍師宇純先生說：一字形突變後，正好可以配合一個說解。此變異必出於人爲造作，而其所以有此造作，正爲其字形必如此，然後可得而說。

後人對於一些無由推求本形本義的字，常根據自己的想法、猜測，產生新

〔註7〕參見陳初生編《金文常用字典》第229頁至230頁。

〔註8〕參見唐蘭著《中國文字學》第123至124頁。

的字說，進而將舊字形改造成新字形。〔註9〕例如：

一、甫：小篆作🔲，說文：「甫，男子之美稱也。從用父，父亦聲。」但其甲骨文作🔲，爲圃字初文，金文或作🔲、🔲。龍師宇純先生說：疑此先強改🔲之形作🔲以別義，又改🔲爲🔲，使其形有可說，🔲與🔲皆是🔲經由假借而形成的轉注字。〔註10〕

二、榮：金文作🔲，象兩火炬交叉之形，本義是光明。但小篆改作🔲，說文：「榮，桐木也。從木，熒省聲。」小篆爲配合許說而改變其形。

三、葡：甲骨文作🔲、🔲，本義是盛矢之器。金文作🔲，本形已失，本義也不明顯，小篆便改作🔲，說文：「葡，具也。從用，苟省。」

四、葬：甲骨文作🔲，小篆變作🔲，說文：「葬，藏也。從死在草中，一其中所以薦之。易曰：古之葬者，厚衣以薪。」小篆的字形和甲骨文不同，乃是根據說文之說所改造的。

五、周：小篆作🔲，說文：「周，密也。從用口。」然而其甲骨文、金文作🔲，金文或作🔲，並非從用從口。從用從口是後來爲配合說文說解而改的新字形。

六、粵：小篆作🔲，說文：「粵，方也。審慎之詞者。從亏從宷。」其本作雩，王國維先生說：「雩，古文粵字，雩之訛爲粵，猶霸之訛爲🔲矣，說文分雩、粵爲二字，失之。」〔註11〕若非經學者研究，實難發現「粵」本作「雩」，因其和說文之說解相符合。

〔註 9〕參見龍宇純著《中國文字學》第 391 頁。

〔註10〕同註 9，第 394 頁。

〔註11〕參見陳初生著《金文常用字典》第 510 頁。

第七章　結　論

第一節　古文字變化的原理與階段

古文字的變化情形，大體已如第三、第四、第五章所述。於此略加整理、補充并詮釋於後，作爲結論。

一、古文字變化的原理

古文字的變化原理，有左列五個要點：

（一）古文字的變化，出於眾人之手——古文字的造作，當出於眾人之手，不成於一時，亦不成於一地。從六書的觀點看，多類文字的形成，是自然演進的結果。〔註1〕古文字的變化，亦是如此。它在千餘年間，經過千千萬萬人之手，某甲寫錯了一字，後人照樣習寫，便成了訛字。某乙在某字加上兩筆，後人照樣習寫，某字便成了繁化。某丙需要某一字，一時借用某字，後人照借不誤，後來可能發展爲轉注……也就自然而然的發生種種的變化。

（二）古文字的變化，有有意，有無意——古文字的變化，雖然都是眾人所爲，但可分成兩種情形，一種是有意的，一種是無意的。前者如繁化、簡化、歧分、轉注、造作、循化等，後者如訛變。有意的行爲，是有所作爲，如轉注是要增加偏旁以限制其意義。無意的行爲是無所作爲，誰也不想寫訛字，寫訛

〔註1〕參見龍宇純著《中國文字學》第25頁。

字往往出於無心。

（三）古文字的變化，有漸變、有突變——古文字的變化有漸變，也有突變，如訛變、簡化、繁化、歧分、轉注、循化等，都是一個字一個字逐漸累積起來的。只有造作，是出於一、二人的採集改造，如小篆的部分字由籀文改造，而突然發生變化。

（四）古文字的變化，大部分是有目的，沒有規劃——古文字的變化，有有意，有無意，已見前述。因為是有意，可以說是有目的，但眾人的行為，沒有規劃，也不能有規劃，更有無意的變化，混在一起，互相制約，可以說它的變化，是自由的發展。

（五）古文字的變化，大部分是一種自然的演進——古文字的變化，雖然是自由的發展，有目的而沒有規劃，但由於眾人的智慧要求改進，變化的結果，卻由少而多，由粗疏而精美，可以說是一種自然的演進。

二、古文字變化的階段

古文字的變化，經過漫長的歲月，徐緩的演進，才形成甲、金、籀、篆四種字體，甲金和籀篆兩組字形。茲將其特徵及顯著的變化，分別述後：

（一）四種字體的變化——字體與字形的變化不同，字體的變化指筆勢（或風格）的不同；字形的變化指結構的不同。前者由於使用的工具、材料與藝術性的差異，後者由於偏旁與點畫的差異，已見前述。甲金籀篆四種字形，較顯著的變化是：

1. 甲骨文：線條受契刻條件的影響，轉彎處多成稜角形。線條本身也多方直。

2. 金文：因由契刻改成鑄造，書寫風格也不同，線條較甲骨文粗壯渾圓，且多填實。有的字比甲骨文更像圖畫，也有裝飾。

3. 籀文：線條開始類型化，亦即改為由直線和弧線組成字體，不再隨物詰詘。

4. 小篆：線條類型化更明顯，字形多遷化，趨向符號化。

（二）甲金和籀篆兩組的特徵

甲金和籀篆是同一系統，為什麼又分為兩組字形呢？一是甲金的構形多相合，只因製字工具和材料的不同，形成字體的差異。二是小篆多據籀文選取，

籀文小篆相合者多，不同者少。但籀文是周時通行的文字，兩周金文也是當時通行的文字，構形沒有太大的區別，所以仍是同一系統。茲將甲金籀篆兩組字形的特徵分列於後：

1. 甲骨文、金文主要的特徵是：

（1）字形不定，異體字很多。

（2）組織的材料有具象圖形，也有抽象符號。

（3）構形的方式，有獨體、有合體。

（4）線條轉彎處多稜角，本身也多方直。

（5）有同形異字。

（6）線條由較細瘦、方折變爲較粗圓，并且塡實。

（7）使用假借字。

（8）形聲字、轉注字由少而多。

（9）合文字由多變少。

2. 籀文、小篆的特徵是：

（1）籀文以金文做基礎發展而成，構形和金文沒有太大的區別。

（2）籀文的繁重是當時文字的本來現象，因甲、金文中一字多異體，有繁、簡不定的寫法，籀文只是多採用金文中的繁寫，非史籀所改作。

（3）偏旁漸趨定型，異體字也漸減少。

（4）線條也趨於類型化。

（5）字形先增繁（籀文）、後省減（小篆）。

（6）有不少訛變字。

（7）小篆大部分沿襲籀文。

（8）改變金文部分，或難明、或表音義符號不切當。

（9）形聲字、轉注字大量增加。

（10）字形講究方整，使小篆和甲骨文金文的字形有所不同。

（11）有的字形爲配合新解說，被刻意改變，趨向符號化。

（12）小篆與金文、籀文最大的不同在於規範化，金文有多種寫法，至小篆只用一種寫法，其他皆遭淘汰。

第二節　古文字的形變與質變

　　古文字的變化，分演變與演化兩種。前者又稱形變，後者又稱質變。已見前述。形變和質變，在古文字變化的過程中，究竟發生什麼作用？彼此的比重如何？又有什麼意義？茲就其較重要者，分述於後：

　　一、變化是一種趨勢，莫能遏止——古文字的變化，是一種趨勢。什麼力量都沒有辦法遏止。在本文所蒐集的資料中，有一千零三字。其中只有七個字沿襲不變（參見附表八），其餘皆經過形變或質變。事實證明一切事物的變化，是一種必然的趨勢。

　　二、形變多於質變，形變是主要趨勢——古文字的變化，據統計：形變在九百九十六字中（扣除沿襲約七個字），有九百五十三字（扣除歧分與轉注共四十三字），佔百分之九十四點八。質變在一千多字中，僅有四十三字，佔百分之四點二。數量相差很大，顯見形變多於質變。形變是古文字變化中的主要趨勢。

　　三、古文字的循化，是保存文化的主力——形變的循化，在一千零三字中，有三百八十一字。在各類型中，數量最多，佔百分之三十七點一。因為它能儘量保留原始的字形，改變不大，後人才能認識它的傳承，成為保存文化的主力。後人研究學習起來，較為方便。

　　四、古文字的訛變，促成符號化——古文字的逐漸符號化，失去其本形，主要原因是訛變。訛變在古文字一千多字中，有三百七十字，佔百分之三十六點二。僅次於循化。數量頗多，但一點也不足怪，因為古文字在一千多年的流傳中，不知經過多少人的手，你錯一點，他錯一畫，後人又以訛傳訛，陳陳相因，湊合起來，數量自然很多。

　　五、古文字的轉注，可減少學習的負擔——古文字的歧分及轉注，在古文字一千多字中，只有四十三字，數目雖少，僅佔百分之四點二。但因此不必增加新造字，減少學習的負擔，從這一點，可以看出中國人的智慧。

　　六、古文字的簡化，數目較繁化少很多——古文字的簡化與繁化，在古文字一千多字中，數目都較循化、訛變為低。簡化字有五十一字，佔百分之五。繁化字有一百三十六字，佔百分之十三點八。為什麼會有這種現象？文化的發展是由簡而繁。例如我們的衣食住行，原始都很簡單，文化越發展，製作也越繁難。

七、古文字的簡化，有方便也有不便──古文字的簡化，有許多認爲是古文字發展的必然趨勢，這是一種偏見，因爲古文字的簡化，有方便也有不方便，方便是書寫容易，不方便是辨識困難。文字大量簡化的結果，勢必彼此差不多，容易混淆。所以眾人不知不覺間，一方面在簡化，一方面又在繁化。

八、古文字的繁化，和簡化互相制約─古文字的繁化，主要的作用在使古文字的結構趨於完善。因此與簡化形成相互制約，維持古文字的字形，不至過簡或過繁，如前所述，繁化字在古文字一千多字中，有一百三十六字。佔百分之十三點八，遠較簡化字爲多，也因此造成學習上的困難。據心理學家的實驗，十三畫以上的漢字，學習比較困難，但數目卻不少，有待專家的研究解決。

第三節　古文字的變化與漢字特性的關係

古文字經過一千多年，不斷的變化，不斷的演進，情形已見上述。它的變化演進，最大的效應，是表現在今日漢字的特性上。我們從今日漢字的特性，可以很清楚看到古文字變化的痕跡：

一、漢字是當今世界上最古老的文字之一──古文字爲了適應眾人的需要，不斷變化，再經隸楷兩次的演進，終於形成漢字的特性。從甲骨文算起，（西元前一千四百年）通行到現在，也有三千三百多年，（以甲骨文的成熟程度，漢字的創始，最少還要推前一千六百年。）歷史十分悠久。

二、漢字是以形寄音義的文字──文字是語言的紀錄，必須兼有形音義三個質素，漢字以形寄音義，和拼音文字以形寄音，以音知義，性質完全不同。它的最大優點，是言語不通的人，或幾千年前的漢字，不論語音的變化多大，只要懂得漢字，一看就能瞭解它的意義，亦即超越時空的限制，拼音文字，就沒有這個優點。

三、漢字能以少數字，推知多數字──漢字的常用字和次常用字，總共不過三千多字，只要懂得這些字的構成基件和方法，就能夠推知幾萬字的意義，如：滴、漏、滿等從水旁，可知與水有關；糠、糕、糯等從米旁的，皆指和米相關之事物。又如喃、楠、腩等，一看即知讀南聲；睬、採、綵等，讀音和采有關。

四、漢字有優美的造型──漢字在甲骨文時期，多屬象形字，字形自由變化，偏旁上下左右不定，筆劃可多可少，缺乏規範，其後逐漸發展，字形日趨

平直、方形，變成優美的造型。

　　五、漢字適應漢語過多的同音詞——漢語很多同音詞，漢字如用拼音方式，以形寄音，以音知義，勢必混淆不清。反之，它以形寄音義，就沒有這個問題。

　　六、漢字的每一字，都有內在的邏輯——漢字的構造，由甲骨文的不定形，變成小篆的定形，歷時悠久，始終保持其一定的方法，也就是歸納古文字現象，由許慎解釋而成的六書造字方法，〔註2〕許慎的六書說，因爲定義含混，學者的解說不一，評價亦異。但漢字每一個字，都有其在內的邏輯，則是顯明的事實，不容置疑。因此有的學者，將古漢字譽爲是人類的智慧文字。〔註3〕

〔註2〕參見吳森著《比較哲學與文化》第2集第147頁。

〔註3〕參見叢長福著〈漢字是人類的智慧文字〉，此文收於《漢字漢語學術研討會論文集》。

附　錄

附表一　循化（表中有 378 字、外加「尊」、「征」、「征」等，共
381 字）

甲　骨　文	金　　文	籀文、石鼓文	小　篆	楷　書
前四・三二・四	師虎簋			元
前二・三八・二				示
	瘌鐘			祐
甲二九四七				祖
前二・三八・二	史喜鼎			祭
前四・十九・八	祀卣			祀
京五四五六	休盤			戌
	守宮盤			奎
京津二四九八	克鐘			屯
甲一五五五	何尊			每
粹一一五一				春
甲二〇三四	散盤			莫

甲二九〇四				少
鐵三八‧四	鬲攸从鼎			分
京津四四七二				公
	休盤			必
粹一一二	盃作父乙卣			采
	邾卣二			口
存一五〇七	穆公鼎			君
	史問鐘			問
明六八二	旂鼎			唯
甲二一二一				酒
鄭三下‧三九‧一一	干氏叔子盤			干
前一‧四三‧五	殷甗			咸
	玆簋			嗇
後下‧一三‧一五				吝
甲二七四四	古伯簋	止 石鼓		止
甲三八八				步
餘一‧一	毛公鼎			歲
甲三九四〇	虢季子白盤			正
粹六一	臣辰盉			酉
前五‧四七‧一				芈
	班簋			違
前三‧三二‧二	逐鼎			逐
乙一五三二				咎

附　錄

向 後上一三·一二	向 向卣		向	向
後 乙九〇七七			後	彶
米 存二七三四	米 守簋		米	未
足 前四·四〇·一	足 免簋		足	足
品 甲二四一	品 穆公鼎		品	品
冊 乙一七一二	冊 旂觥		冊	冊
句 前八·四·八	句 鬲从盨		句	句
丩 乙三八〇五反	丩 丩方鼎		丩	丩
千 甲二九〇七	千 盂鼎		千	千
	字 汈其簋		字	字
	戀 虢季子白盤		戀	戀
收 京津二一三四			收	收
弄 王作弄卣			弄	弄
戒 珠三六三	戒 戒鬲		戒	戒
弋 前二·二七·五	弋 農卣		弋	弋
	孚 敔簋		孚	孚
叉 前二·一九·三			叉	叉
父 鐵一九六·一	父 毛公鼎		父	父
尹 前七·三二·三	尹 牆盤		尹	尹
反 前二·四·一	反 頌鼎		反	反
十 粹五九七	十 牆盤		十	十
目 後上二五·七	目 頌簋		目	目

· 85 ·

鳥祖癸鼎			𣪘	敃
粹一〇一	牆盤			史
	犀尊		屖	屖
摭續一九〇			攴	攴
乙二一〇			夂	夂
父已孟簋	孟簋		孟	孟
	周毛匜		救	救
	昌鼎		寇	寇
前五‧四〇‧五	善夫克鼎		季	季
前六‧一一‧二			畋	畋
乙七〇三〇	改盨		改	改
前五‧二〇‧二	鄙侯簋		教	教
菁一‧一	卜孟簋		卜	卜
前四‧二五‧一			占	占
前四六‧四	商尊		用	用
後下四一‧一			爻	爻
前五‧二四‧三	癸旻爵		旻	旻
前五‧二五‧五	相侯簋		相	相
乙六八六三	矢方彝		百	百
甲九三六	戍甬鼎	石鼓	隹	隹
甲二六五	禹鼎		隻	隻
京津二一三四	魚父已卣		雀	雀

珠七五八	牧師父簋		牧	牧
前二・九・六	散盤		隹	隹
鐵二六二・一			萑	萑
甲五八九			戶	戶
	師遽簋		客	客
	永盂		洛	洛
寧滬一・二八六	效卣		雚	雚
續一・七・六			雥	雥
甲二九〇四			鳥	鳥
京津四〇一二		鳴石鼓	鳴	鳴
	沈子簋		烏	烏
父癸爵	頌鼎		幺	幺
佚三五〇	桑伯簋		絲	絲
前一・一八・一	克鼎		叀	叀
	敔簋		惠	惠
乙八八二八			屮	屮
前四・三一・三	毛公鼎		臣	臣
粹六七三	師遽方彝		利	利
京津四九〇一	旅鼎		初	初
乙二二六二	父辛卣		剌	剌
前四・五一・一			刃	刃
甲一一七〇			韧	韧

甲	金	籀	篆	楷
				竹
	虢季子白盤	石鼓		左
後下一二·五				甘
前八·一二·一	己鼎			乃
京津二二四七	師嫠簋			可
甲二五四二	兮仲簋			兮
	琱生簋			畬
	五祀衛鼎			卯
齊六·一	師遽簋			乎
前一·四四·二	令簋	石鼓		亏
	伯旅魚父簋			旨
甲一六一三	豆閉簋			豆
	令簋			後
普七·一	召伯簋			合
後下一·七	矢方彝			今
	易叔盨			須
前四·二九·五	孟鼎			入
	井侯簋			瀕
菁一·一	虢季子白盤			央
粹一〇六六	昌鼎	石鼓		來
後下一三·五	禹鼎	石鼓		方
後下二四·三	班簋			益
京津三六四九	庚嬴卣			丹

	彡 虢季子白盤	彡 石鼓	彤	彤
	青 吳方彝		青	青
乙八八四八	卯簋		頁	頁
枚父丙卣	枚家卣		枚	枚
前五·一三·五			臬	臬
鐵二四二·一	趞卣		采	采
後上一二·八	揚鼎		休	休
前五·一六·二	毛公鼎		吉	吉
粹七二六	卓林父簋		林	林
粹一五四七	狀馭簋		楚	楚
後下三·二			森	森
甲二二五八			韋	韋
乙八八一八	虜簋		弟	弟
	何尊		順	順
	彔伯簋		顯	顯
	禽簋		某	某
	本鼎		本	本
後上一二·八	毛公鼎		朱	朱
甲三三六七			囚	囚
粹六一			困	困
京津二五四三	毛公鼎		園	園
菁二·一	師酉簋		邑	邑
	免簋		昧	昧
佚五〇六			晶	晶

甲一八〇	散盤			之
前三·三三·二				㞷
前七·二八·三	頌壺	石鼓		出
珠四〇二	兩簋			束
	王來奠新邑鼎			柬
甲一八二	散車父壺			姜
乙五八四九				宀
甲二六八四	㝅簋			家
菁七·一	公父宅匜			宅
乙四六九九	揚簋			室
戌嗣子鼎	牆盤			宇
佚九九二	伯定盉			定
乙四二五一	睘尊			安
粹六五九	孟鼎			月
	昌鼎			霸
	盂鼎			有
前四·一〇·四	明我鼎			明
乙五二四八				毌
粹八	昌鼎			禾
金三九六				秝
前六一·五	鄭羌伯鬲			羌
前五·三五·四				羴

甲八二八	史懋壺			伊
前六・三四・一				依
	永盂			付
明四二二				倪
	五祀衛鼎			俗
後下四二・七	牆盤	石鼓		子
京都三一二二	永盂			宋
前四・三八・四	默簋			宗
前二・二五・五	昌鼎			羊
	駒尊			兩
乙五三二九				网
前六・七・一	師旂簋			首
前一・三〇・四	昌壺			衣
	伯戔簋			裹
	師奎父鼎			者
	杜伯盨			孝
	毛公鼎			毛
尸作父己卣	默鐘			尸
前七・二一・三	舟簋	石鼓		舟
	祚鐘			佃
乙三三二八	昌鼎			牛
續存二二一五				化

乙三七二九反	我鼎			匕
後上二七・二	从鼎			从
前五・四七・一	柳鼎	石鼓		北
甲二八五八	邦从鼎			眾
前四・二七・四	函皇父簋	石鼓		豕
拾一・五				豕
乙九六〇	師湯父鼎			象
甲二九八				駁
後下三三・四				廌
後上四・一七	頌鼎	石鼓		大
	白夸父盨			夸
粹一一五四	師兌簋			兌
前一・三九・六	剌卣			兄
乙三七九八	斁狄鐘			先
存下四五	珥鼎			見
甲五九七	宅簋			令
	牆盤			邵
甲三五四一				卯
	克鼎			心
	簋딨			慕
鐵三九・四	作冊大鼎			己
鐵九九・四	沈子簋	石鼓		水

前三・四・三	同卣			戊
	遹簋			沱
拾一・一四				沮
甲八九六	毛公鼎			亦
戩三三・三	矢簋			矢
	師酉簋	石鼓		吳
甲八〇六	交君簋			交
丙申角	遘簋			奚
後下九・六	立鼎			立
粹九一五	并爵			竝
前四・一三・六				氾
甲五七三				湄
乙七八七				汙
佚六一六				休
	國差𦉜	石鼓		濟〔註1〕
存下二八		石鼓		洎
存二七四二	矢方彝			癸
京津二〇〇七				汝
續三・三〇・六	叔卣			淮
佚六七八				澤
前四・一二・八	衍簋			衍

〔註1〕「靜」金文作 免盤、 靜卣， 秦公簋，從青爭聲，秦公簋字幾與小篆無異，
　　　故「濟」屬循化。

	寰盤			沙
前六‧二五‧六				沚
前二‧一五‧七	霍鼎			霾〔註2〕
甲八四〇	頌鼎			門
	㪤鐘			閒
	昌壺			手
	椒伯車父鼎			姞
	虢叔鐘			威
前二‧四〇‧七	盂鼎			妹
庫二六七				㳘
甲一六四七	五祀衛鼎			川
	毛公鼎			巠
後下三九‧九				㐱
前四‧一七‧一				泉
甲一五六五	牆盤	石鼓		不
乙七七九五	㪤鐘			至
乙四七七〇				委
前五‧三〇‧三		石鼓		如
鄴初下‧三八‧六				妝
	毛公鼎			妄
佚七〇七				婁
乙四九六	妃作乙公甋			妃

〔註2〕「霾」甲骨文體從一隹或一隹，金文或從二隹，皆表鳥群意，均屬衍化。

	長由盉	姦	姦
前四‧二六‧五		姪	姪
乙八八九六		㛮	㛮
	縣妃簋	改	改
	頌鼎	始	始
子媚爵		媚	媚
乙二五八六反	虘鐘	好	好
甲二六九九	毛公鼎	匕	匕
	匽公匜	匽	匽
甲三六九〇	子陝鼎	甾	甾
後下一三‧一七	趞曹鼎	石鼓	弓	弓
	頌簋	彊	彊
甲六四四		弱	弱
後上二二‧一		乂	乂
乙七七九五	毛公鼎	弗	弗
存一〇七五	宅簋	戈	戈
後下一三‧五	象卣	戌	戌
粹一二一九		戕	戕
鐵二六二‧三	叔趯父卣	戋	戋
邥卣二	訣鐘	武	武
乙八六九八		力	力
	虢季子白盤	加	加
後上‧一九‧六		劦	劦

甲	金	籀	篆	楷
	輔 師嫠簋		輔	輔
	夜 輒疾鼎		夜	夜
宁 前四·二五·七	宁 宁未盉		宁	宁
亞 乙六四〇〇	亞 臣諫簋		亞	亞
虫 前二·二四·八	虫 昌鼎		虫	虫
蚰 前四·五二·四			蚰	蚰
龜 甲九八四			龜	龜
	里 史頌簋	里 石鼓	里	里
田 後上二一·五	田 旅鼎	田 石鼓	田	田
畕 庫四九二	畕 澣伯友鼎		畕	畕
男 京津二一二二	男 矢令彝		男	男
甹 前五·三七·四			甹	甹
九 前四·四〇·三	九 盂鼎		九	九
七 後下九·一	七 矢簋		七	七
六 林一·一八·一〇	六 保卣	六 石鼓	六	六
效 甲七八六	效 毛公鼎		效	效
	組 師寰簋		組	組
气 前七·三六·二	气 大豊簋		气	气
	士 趞簋		士	士
王 佚四二七	王 頌簋		王	王
玉 粹一二	玉 縣妃簋		玉	玉
目 甲二一五	目 並目父癸爵		目	目
幼 後下三五·一	幼 禹鼎		幼	幼
印 乙一四三	印 毛公鼎		印	印

前一・一九・三	散盤			丂
粹一〇六一	虢季子白盤	石鼓		各
	毛公鼎			裏
乙九〇七七				卪
菁二・一	牆盤			司
粹一一五六	虢季子白盤	石鼓		馬
佚七九二	盂鼎			夾
前五・三二・一	盂鼎			夫
佚一一三	敦卣			谷
甲二七八	戈父辛鼎			四
後上二五・七				米
	宴簋			宴
戩四一・六	矢簋			人
前五・二七・七				企
前七・一五・四	大保簋			伐
戩三三・一四				并
鐵二四七・二	叔趯父卣			曰
鐵一三・二	井矦簋			內
甲三五一〇	昌鼎			木
後下八・七	昌鼎			絲
粹七〇五	旂鼎	石鼓		日
珠一五〇・一				片
	同簋			閑

粹一一七八	格伯簋	石鼓		涉
前八・四・七	頌鼎	石鼓		母
粹一二〇	昌鼎			女
	叔向簋			緜
甲二三五一	牆盤			且
	趞曇			趙
前六・六二・七		石鼓		及
菁一・一	致鼎			友
續六・二三・一〇	虢叔鐘			秉
後下二五・七	寏鼎			眉
前六・五八・一	毛公鼎	石鼓		自
粹一一八四				刀
	叔趞父卣			趙
京津四四八七	子系爵			糸
	禹鼎			哀
戩一七・四	此鼎			此
	禹鼎	石鼓		徒
鄴初下・三三・八	牆盤			迨
粹一九四	麥鼎			又
乙三〇〇八	頌鼎	石鼓		天
	班簋			班
前二・五・七	矢方彝			眾

屮 佚八四	屮 作父戊簋		屮	中
小 林一·二六·四	小 盂鼎		小	小
介 前一·四五·六			介	介
名 甲三四八八	名 召伯簋		名	名
牝 戩二三·一〇			牝	牝
敝 拾六·一一			敝	敝
	念 段簋		念	念
丑 後上九·一〇	丑 同簋		丑	丑
乙 甲三	乙 散盤		乙	乙
	犀 犀伯鼎		犀	犀
	否 毛公鼎		否	否
帝 前四·一七·四	帝 仲師父鼎		帝	帝
	古 盂鼎	古 石鼓	古	古
集 粹一五九一	集 毛公鼎		集	集
皿 燕七九八	皿 皿方彝		皿	皿
盂 京津四四三七	盂 盂鼎		盂	盂
血 粹一二			血	血
	樊 樊君鬲		樊	樊
杞 乙八八九五	杞 杞婦卣		杞	杞
	浮 公父宅匜		浮	浮
	漳 漳伯簋		漳	漳
戉 乙四六九二	戉 虢季子白盤		戉	戉
帛 前二·一二·四	帛 召伯簋二	帛 石鼓	帛	帛

𝕏鐵二四七・二	𝕏臣辰盉		𝕏	五
𐤟佚四二七	𐤟作冊大鼎		白	白
𐤟佚一九五			柏	柏
𐤟佚五二四			雇	雇
	𐤟周雒盨		雒	雒
𐤟甲五二八	𐤟盂鼎二		延	延

附表二　訛變（凡偏旁有訛的，即歸入訛變。表中有 369 字，外加「蛛」共 370 字）

甲骨文	金　文	籀文・石鼓文	小　篆	楷　書
	蘇貉豆			蘇
	五祀衛鼎			宋
甲一五五六	唐子祖乙爵			唐
	史敖簋			邊
京都二一一三	昌鼎			得
乙六七一八	馱簋			配
戩三三・一二	仲競簋			競
甲三三六五	馭八卣	石鼓		具
乙七七八一	井矦簋			魯
京津一〇七二	者女觥			者
甲九二〇				習
	奪簋			奪
	牆盤			荊
甲九九〇	散盤			銵
粹一〇二七	毛公鼎			喪
乙三七八七	小臣單觶			單
後下・二〇・一〇	旂鼎			僕

𩰬 粹一五四三	𩰬 盂鼎		高	高〔註1〕
𩰬 粹一三二四			𩰬	鬥
𩰬 前五·三九·三	𩰬 師㷉簋		𩰬	㷉
	𩰬 叔皮父簋	𩰬 石鼓	𩰬	皮
𩰬 佚七五			𩰬	壴
𩰬 甲一四三三	𩰬 致鼎	𩰬 石鼓	𩰬	虎
𩰬 乙一九〇六反	𩰬 師高簋		高	高
𩰬 粹七一七	𩰬 毛公鼎		𩰬	章
	𩰬 牆盤	𩰬 說文籀文	𩰬	禋
𩰬 前一·六·一	𩰬 克鼎	𩰬 說文籀文	中	中
𩰬 前四·二九·五	𩰬 儀匜盉		告	告〔註2〕
𩰬 前八·一一·六	𩰬 矢令彝	𩰬 說文籀文	歸	歸
	𩰬 趞簋	𩰬 石鼓	𩰬	趞
𩰬 甲八九六	𩰬 宗周鐘		逆	逆
𩰬 京津四三九一	𩰬 召尊		追	追
𩰬 鐵一七一·三	𩰬 尹丞鼎	𩰬 石鼓	丞	丞
𩰬 靮瓠	𩰬 毛公鼎	𩰬 石鼓	𩰬	靮
	𩰬 師袁簋	𩰬 石鼓	𩰬	毆
𩰬 粹五七七	𩰬 師袁簋		𩰬	𢆍
	𩰬 何尊	𩰬 說文籀文	則	則

〔註1〕 參見康殷著《文字源流淺說》第322頁:「說文凡𩰬、𩰬，及𩰬、𩰬之形，都訛斷作𩰬、𩰬、𩰬、𩰬……」

〔註2〕 參見龍宇純著《中國文字學》第264頁:「告字象陷阱內插樹枝及灶坎內有柴薪形。」

	毛公鼎			蔥〔註3〕
甲三九四〇				蒿
前六・五四・一	易鼎	石鼓		曾
前五・二・一	登鼎	說文籀文		登〔註4〕
乙九八〇	訣鐘			遣
	致簋			博
	毛公鼎	說文籀文		童
甲五三七	毛公鼎	說文籀文		肄
菁二・一	師毲簋			敏
	師望鼎			啟
乙七七〇五	師吏簋	說文籀文		敗
	牆盤			腹
林一・一七・一五	旁鼎			旁
鐵三四・四	士父鐘			福
四期二二八四	長田盉			祝〔註5〕
乙八五〇二		說文籀文 說文籀文		蔣
	沓生簋			遣
乙一二七八反	叔趯父卣			吹
	善鼎			唬

〔註3〕參見陳初生編《金文常用字典》第 68 頁：「金文蔥不從艸，象形。周法高謂象蔥
　　　由球根迸出之形……說文云：『從心囪』，囪當是 ● 變形。」

〔註4〕參見李孝定編《甲骨文字集釋》第 467 頁：「豆者，象乘石之形。」

〔註5〕同註二，第 264 頁：「無論古今，寫字的習慣是：獨體分別嚴格，而偏旁卻往往任
　　　其詭亂。……　與　不同，前者為祝，後者為兄；加示旁後，則　可以作祝。」

	師趛鼎		趛
	叔向簋		邁
	過伯簋		過
邭卣	克盨		遘
	令鼎		奮
	毛公鼎		衡
後下二一・一四	散盤	說文籀文	棄
後下三六・六	盂鼎		苟
	虢季子白盤		虢
乙七六六一	靜簋		射
	兮甲盤		市
佚一一	致鼎	石鼓	員
後下三〇・一四	保卣		賓
	昌鼎		賣
菁六・一	卯簋		昔
甲二八五一	盂鼎		鼎
鐵一六・三	般甗		宜
綴合一八六反	乃孫作且己鼎		宁
	頌鼎		黹
粹一二〇〇			丘
甲二二九一	昌鼎		眾
甲二三七五			面
	牆盤		匐

前五・三三・四	夑簋			夑
	穆公鼎			莽
盂鼎	石鼓			奔
甲二八〇九				幸
佚八一二	犀伯簋			魚
	彔伯簋			戹
前四・二四・一				妃
	免簋			還
乙四二九三				尾
菁四・一	曩中壺			歙
乙六六九	毛公鼎			畏
前四・一〇・五		說文籀文		磬
林二・二六・七	寡長鼎			長
	沈子簋			能
	郘鐘			喬
乙五一六一	井人鐘			聖
京津一二九三	龍母尊			龍
	虢季子白盤	石鼓		孔
前八・七・一	天君鼎			斤
乙六二六九	盂鼎二			畢
前三・七・二	戊寅鼎			寅
佚三二	董鼎	石鼓		申
前四・三一・六	矢方彝			京

甲	金		篆	
粹一三一五	令簋		〔篆〕	亯
前四・二三・八	士父鐘		〔篆〕	畐
佚二一一	牆盤		〔篆〕	厚
前四・一一六			〔篆〕	㐭
粹一一〇九	克鐘		〔篆〕	乘
粹一三一二	癲鐘		〔篆〕	無〔註6〕
前一・六・六			〔篆〕	桑
餘二・二			〔篆〕	叕
前五・五・七	休盤		〔篆〕	扒
甲三六三六	牆盤		〔篆〕	穆
甲三一二二	朢簋		〔篆〕	朢
佚九三二	頌鼎		〔篆〕	監
珠一〇〇八	殳季良父壺		〔篆〕	老〔註7〕
	盂鼎		〔篆〕	邊
	睘卣		〔篆〕	器
通別二・八・八	叔倉父盨		〔篆〕	倉〔註8〕
	矦匜		〔篆〕	誓
	揚簋		〔篆〕	訟

〔註6〕同註三，第630頁：「無字至金文逐漸訛變，或手執之物全離人手，且上從口而下從木，已失舞具之形。」

〔註7〕同註三，第82頁：金文老字所扶之杖變成匕，經訛變，形意遂不顯。

〔註8〕同註一，第335頁：「象只有獨扇門的房屋——貯藏室。[符] 代表門碓。」

甲骨文	金文	其他	小篆	楷書
後下二九‧六	致簋	說文籀文		兵
前二‧二五‧六	段簋			彝
	牧共簋			共
前四‧一〇‧三	輯侯鼎			農
前五‧三〇‧四	郘𡐈鼎	石鼓		為
前五‧三〇‧三	沈子簋			爪
甲二六二二	師𩛥鼎			飤
前四‧二八‧七		說文籀文		夋
前一‧九‧七	毛公鼎			取
乙一一五三	趞曹鼎			殳
前一‧三五‧六				毀
	格伯簋	石鼓		毆
甲七五二	頌簋			毃
乙七七五一	缶鼎			缶
	𡨦卣			罍
鄴三下‧三九‧一〇				雉
乙一〇五二		說文籀文		雛
	郘史碩父鼎			郘
坊間一‧七一	召伯簋			剌 〔註9〕
	盂鼎			舄

〔註9〕參見徐中舒編《甲骨文字典》第693頁：「剌字所從之朿乃由東而訛。」

前一・四〇・五	菁骨			菁
前七・一・三				再
鐵一〇二・二	衛盉			冓
粹一三〇六				丹
乙七六八一				刑
後下五・一				膏
	曩伯簋			割
	陳猷釜			節
甲二三五六				巫
甲二六四二	彭女簋			彭
京都一八三九	癲鐘			鼓
佚六六三	大師虘豆			登
	毛公鼎			虘
存下五一七	即簋			虓
	史盝鼎			盝
存下七六四				皀
前六・五二・三	盂鼎	石鼓		即
佚六九五	庚嬴卣	石鼓		既
戩六・八	毛公鼎			官
前一・三五・五	矢令彝			邑
乙六三八六反	牧共簋			倉
後下七・一三	父乙飤盉			飤

河三三六	輔矦鼎	石鼓		矢〔註10〕
前二·二·五	亳鼎			亳
前四·四二·一	不嬰簋			羍
鐵六八·四	康矦啚簋			啚
佚七七二	沈子簋			嗇
前五·一三·五	鬲比盨			复
	無憂卣			憂
甲二三三六				夒
甲三五一八	長田盉			肇
河八二八	格伯簋			析
前六·三二·四	䍦鐘			東
後上一五·一五	天棘父癸爵			棘
乙八八八九五	缶鼎			責
佚四六二	買王卣			買
前四·二一·五	三手癲壺			鄉
京津三二六一				昕
後下三五·五	麥盉			旋
佚七三五	矢簋			旅
後下四二·六	班簋			族
後下二二·六	函皇父匜			函
戍甬鼎	毛公鼎			甬

〔註10〕同註一，第 457 頁：「金文箭，羽形漸失。篆文更訛作 。」

前六・一・八	●叔多父盤			彔
	馱簋			實
寧滬一・三八四	餿叔簋			宿
天六五				盡
	屑叔多父盤			害
佚六二四				靮
乙七三八				疒
京都三〇一六	沈子簋	石鼓		同
佚八三一	師望鼎			帥
	頌鼎			佩
	致簋			備
後下三〇・八	致者鼎			俻
前五・一七・二	叔尊			弔〔註11〕
前六・二一・二	亞盉			毖
	盂鼎			臨
	牆盤			殷
	吳方彝			衰
	致方鼎			袿
甲二三〇八	般甗			般
林一・二四・五	盂鼎			服〔註12〕

〔註11〕同註三,第786頁,「篆文形體少訛,周法高曰:弔字象人持繒繳之形,非弓矢形也,乃繳之本字。」

甲骨文	金文	石鼓・籀文	小篆	楷書
林一・二四・五	盂鼎			服〔註12〕
前五・四二・五	叔姬鼎	石鼓		陽
明一八八〇				欠
後下四二・六	史次鼎			次
前七・四〇・二	小臣兒卣			兒
	頌鼎	說文籀文		頌
鐵一〇〇・四	召尊			臼
前六・一七・五	令鼎			耤
	師酉簋	石鼓		敬
	班簋			廣
	吳方彝			廟
后下三八・七		石鼓		而
佚四二七				咼
前二・五・七				駋
甲二七〇		石鼓		兔
甲四〇二				犬〔註13〕
前四・五二・三				尨
簠帝四				狾
鐵一九六・三				臭
後上一四・八				狂

〔註12〕同註三，第 828 頁：「服字甲骨文象用手按跽人于盤（　）前，其本義當爲服事。金文或訛　爲　（舟），遂爲小篆所本。」

〔註13〕同註一，第 215 頁：「篆訛作　，已失形。」

甲	金	籀	篆	楷
存下七三一	猷簋			猷
前六四八·四				狼
後下九·一				火
後下四一·一三				閃
前六·二七·一				焌
前三·三三·五	矢方彝			光
	令簋			炎
黑田七卣	鄘伯取簋			黑
乙八六九一				焱
後下一八·八	麥鼎			赤
前五·三六·四	戟簋	石鼓		執
甲二四一五	牆盤			圉
	令簋			報
明藏五二○				沖
	史伏尊			伏
前二·五·七				潢
	僕匜			湛
甲一四一四				涵
後下一八·八	兮甲盤			貯
	父辛卣			鰥
拾一一一·八	毛公鼎			非
	毛公鼎			耿
續三·一三·三				聑
	虢季子白盤	石鼓		搏

乙一八五六反	吹方鼎			吹
菁七·一				娶
婦好鉞	令簋			婦
寧滬一·二三一				婢
	匀簋			匀
	兮甲盤			匹
	毛公鼎			弼
河八〇〇				綠
甲一六四七	黃召尊	黃石鼓		黃〔註14〕
	矢令彝	金石鼓		金〔註15〕
	虘鐘			鐘
合集5810				斧
前五·二一·三				斫
		石鼓		所
佚五八〇	臣卿簋			新
甲五五〇	友簋			升
京津四八四五	揚簋			官
後下二二·一五				隉

〔註14〕同註九，第 1475 頁：「黃字甲骨文象人佩環之形，大象正立之人形其中部之口、日象玉環形。」非篆文的從田從莫。

〔註15〕同註一，第三〇四頁：「金字金文中的 个、个 部分象箭鏑鏃，土、土象戌（斧），而：表鑄造箭、斧的原料，……說文訛作金。」

寧滬一‧五九二	散盤			陟
乙七七九三	散盤			降
後下六‧二	虢季子白盤			丁
續六‧一三‧七	臣辰卣			成
前四‧三四‧四	師旋簋			羞
甲二三八〇	盂鼎			辰
京津四〇三四	虢季子白盤			亥
一期粹四七	伯矩鼎			言
前四‧一八‧一	大豐簋			喜
後上一八‧五	三年癲壺			巍
粹一一六一	牆盤	說文籀文 說文籀文		牆
甲二二九二	員矣父戊簋			矣
	召伯簋			貳
鐵一三二‧一	仲斿父鼎	石鼓		游
前七‧二五‧四	克鼎			翏
粹一四八九	史頌匜			寶
戩二五‧一三	小臣系卣	說文籀文		寢
粹一二一二	毛公鼎			寮
前八‧一一‧二	趀簋			獻
乙四九九五				樊
粹一二二五				聲
後下‧四‧七	盂鼎			畯

甲骨文	金文	石鼓	篆	楷
佚九五六				況
拾六・三	史獸鼎	石鼓		獸
粹四八七	毛公鼎			辥
	伯鮮鼎	石鼓		鮮
前七・一三・三	井鼎	石鼓		瀺
京津三四六一	伯公父勺			爵
粹一二二九	比簋			帚
	昌鼎			遺
菁一・一	咢侯鼎	石鼓		角
甲五	戍鬲鼎			省
前一・四九・四	彔簋			蔑
乙一七八六				屰
明三七六	毛公鼎			公
後下一四・一八				辵
後下二・一二	虢季子白盤			行
鐵二四〇・一	盂鼎			南
前五一〇二	師遽彝			貝〔註16〕
甲六三五	束卣			束
甲一二四九	利簋			克
後上三一・六	班簋	石鼓		允
鐵一三八・二	耳卣			耳

〔註16〕同註三，第 654 頁：「貝字甲骨文象貝殼形，金文漸訛，貝形漸失。」

克乙一二七七			卯	卯
	大禹鼎		禽	禹
後下一·四	禽簋	禽石鼓	禽	禽
前三·三〇·五	頌簋		萬	萬
甲二〇五	毛公鼎		若	若
前四·八·六	不娶簋	說文籀文	折	折
頌鼎			廷	廷
	毛公鼎		豕	豕
	牆盤		遽	遽
乙二五一〇	季良父盉		良	良
乙二二八八	舌鼎		舌	舌
	克鐘		叚	叚
甲二〇三〇	興鼎		興	興
後上一二二			離	離
甲三九四	昌鼎	石鼓	異	異
舟三·一			殼	殼
京津四一四一			摯	摯
	盂鼎		民	民
乙五七〇	遽伯簋		乍	乍
後下三五·二	散盤		凡	凡
	廈簋		匋	匋
	會娟鼎		會	會
粹一四六三	王來奠新邑鼎		旬	旬
粹一二六〇	善夫克鼎		囟	囟

甲骨文	金文	石鼓／說文	篆文	楷書
明二三三○	班簋	石鼓		蜀
	牆盤			舍
前五·二九·五	訇鐘			反
	曹趞鼎			趞
	訇簋	說文籀文		訇
	番生簋			鈴
前二·一九·四	牆盤	石鼓		桌
後上一八·一一		說文籀文		桌〔註17〕
前四·四一·七				耑
粹四○四	召尊	石鼓		多
京津一二四二				晉
前四·一五·二	此鼎	石鼓		宮
	毛公鼎	石鼓		庶
	兮仲鐘			侃〔註18〕
後下二一·五	解子甗			解
京津二三○○	董伯鼎			董
後下一二·三	小臣逨簋			書
前三·七·五	史歗鼎			庚
前二·八·四		說文籀文		陣
前一·三七·五	致簋			敳

〔註17〕同註九，第 761 頁：「桌字甲骨文象禾穀之實。篆文訛從鹵從米。」

〔註18〕同註三，第 969～970 頁：「林義光曰：侃表和樂，和樂之言有文飾，故從人口彡。」篆文誤作從川。

	毛公鼎			巩
前五‧一二‧五	牆盤			虱
京津二六七六	伯到簋			虱
戩三六‧一五	毛公鼎			專
前二‧三五‧六	毛公鼎			離
前一‧二九‧二	美爵			美
後下九‧五	牆盤			幽
粹八七八	獻鐘	石鼓		我
乙八八九六				娥
	盂鼎	石鼓		走
	員盉			盉
掇二‧四九	牆簋			義
續二‧一六‧四	獻鐘			臽
乙六四二二	頌鼎			年
粹五七四	貉子卣			牢
	毛公鼎			寡

附表三　繁化（表中有 135 字，外加「集」，共有 136 字）

甲 骨 文	金 文	籀文・石鼓文	小 篆	楷 書
河三一二	訣簋			禦
	毛公鼎			趕
前一・二九・五				牡
天五二	矢令彝			牲
前四・一三・七	盧鐘			櫟
後上一一・一				濘
後下五三				齒
前四・三〇・三	牆盤			剛
乙三二九九	辛鼎			剿
戬三七・五				算
後下八・八	叉尊			裘
乙六六八四	鬼壺			鬼
前八・一〇・一				麗
七P六七	杜伯盨			杜
	散盤	石鼓		械
佚七二三				蠱
天八〇	毛公鼎			盄
京津三〇八五				盥
粹一二〇五	盂爵			寧
鐵二四五・一	啓尊			啓
河六七七				雭

甲	金	石鼓	篆	楷
前七・三八・二				疇
後下四・七	頌簋			疆
丙八三				柄
	父湯父鼎	石鼓		湯
戩八・四				涿
前四・六・八	虢叔鐘			下
	致鼎			尚
甲八七〇	守簋			十
京津一〇二九	貉子卣			呂
前四・五三・一				豸
前四・一三・四	井矦簋			州
京津一四三	頌鼎			永
後下二一・六	散盤			氏
後下三八・六	毛公鼎	石鼓		或
佚五七	恒簋			直
甲五八四				區
前一・一一・五	盂鼎			率
戌開子鼎	何尊	石鼓		丙
後下三八・八	師旋簋			午
前四・三〇・四	王凸尊			攸
簋游一〇九	柳鼎	石鼓		柳
乙三七八七	虢季子白盤			爰
	毛公鼎			猷
粹六四八				啓

京都二四六	牆盤	石鼓		敳
佚六八八	師袁簋			冉
京都二〇三三				律
	鬲攸从鼎			許
	番生簋			諫
前四・二五・七				妾
戬三七・一二				弄
前四・二九・六				羽
	盂鼎			罰
粹七一五				昏
後上二四・七	虢季子白盤	石鼓		宣
佚四二六	吳方彝			宰
乙八一三二	任氏簋			任
粹一二八〇	犀尊			犀
續五・四・三				涂
簠地四七	洹秦簋			洹
乙九七一	此鼎			霝
續四・二〇・一二				雯
前四・九・八				霖
乙九七一	盂鼎			雩
佚四四五				姓
乙五二六九	吹鼎			妊
	師袁簋			達
甲五四四	禹鼎			歷

前三·一八·四	師袁簋			晨
				基
鐘七五·一				姘
前二·一○·三				洒
戩二六·四	禹鼎	說文籀文		西
後下四○·一六				滋
林一·二二·一九	敔簋	石鼓		余
前八·一一·三	不嬰簋			戙
乙二二四三反	牆盤			上
	矢令彝			世
粹五八六	毛公鼎	石鼓		卉
	逨鼎			胤〔註1〕
前四·一五·四	兮甲盤			舊〔註2〕
	甫鼎			柯
鄴三下四三·六	伯春盉			春
甲二一九八	噩矦鼎			窺
林二·二○·一二	同簋			河
前一·二四·三				紹
續一·三·二	利簋			延
	何尊			誥
前五·二一·三				遝
	敔叔鼎			信

〔註1〕說文:「胤,子孫相承續也,從肉從八,象其長也,從幺,象其重累也。」

〔註2〕參見陳初生編《金文常用字典》第 432 頁:「金文從萑臼聲。」

	旁鼎		諆
	克鐘		親
甲一九七〇		石鼓	麋
後下二一・四	保卣		祐
前四・三七・三	虢季子白盤		趄
京津四〇〇一	兮甲盤		進
粹八六四	盂鼎		德
前二・一八・六	不嬰簋		御
前五・一九・二	臣辰卣		侖
	大鼎		敦
前五・一二・一			專
鐵一五七・四	盂鼎		學
	段簋 周原卜甲四五		畢
後上一〇・五	瘭鐘	石鼓	樂
前六・二四・七	時 石鼓		時
乙六七三三	訧簋		身
前四・一〇・二	㝃叔鼎		易
鐵三二・三	子雨卣		雨
甲二二八二	彔簋		辛
前三・一九・三	師旋簋		壬
後上三・一六	利簋		甲
	效卣		嘗
	沃伯寺簋	石鼓	寺

佚七二八	傳尊			傳
前二・七・二				視
掇一・四一六				麸
	叔卣			扶
京津四七六八	班簋			孫
京津一三七二	啓卣			從
乙一八八				肉
甲二四一六	商叔簋	說文籀文		商
後下三九・一				壬
乙八四〇七	女帚卣			聿
粹九〇七	猷鐘			土
鐵二五〇・一				亘
京津一一七	保卣			保
前八・三・一				辛
京津二〇〇四	克鼎			井
後下三六・三	子鬲			奠
前七・二五・四	頌鼎			廿
粹一一三一	頌簋			生
前二・一五・三	師旂簋			齊
	叔鼎			肇
粹一一五三	衛簋			衛

附表四　簡化（表中共 51 字）

甲　骨　文	金　文	籀文・石鼓文	小　篆	楷　書
珠九〇五				崔
	師旂鼎			芳
粹三八二	分仲鐘			前
	縣妃簋			縣
前七・二六・三	麓伯星父簋			星
		說文籀文		枲
	拔鼎	說文籀文		襲
	克鼎			法
前五・三六・六	戲系爵	說文籀文		系
	史述簋	說文籀文		述
父乙鼎	盠駒尊	說文籀文		靁
前六・五五・三				㗊
		說文籀文		送
徒觶	虞盉			征
	毛公鼎	石鼓		吾
	敔簋	石鼓		敔
		說文籀文		就
粹六六四				麓
	毛公旅鼎	石鼓		是 [註1]

〔註 1〕 參見龍宇純著《中國文字學》第 228 頁：「是之本義爲直，其字從日正會意，日下之丨，當象日正當中其光之直射，加之以顧其意爲直而已，若其書作𝟇正，則有

前一·三〇·七	戠簋			宕
乙四六九三	鐘伯鼎			石
前四·六·三				卒
佚五八六				孕
	函皇父簋	說文籀文		姙
	吳方彝			較
	毛公鼎			錘
甲二七四四	何尊			豐
甲三六一二	沈子簋	石鼓		受
	櫥仲簋	說文籀文		櫥
粹七〇〇	頌鼎			旦
甲五七一	史秦鬲	說文籀文		秦
後下二四·三				盛
乙六八二〇反	令簋			文
後下三五·二	沈子簋			考
後下二〇·一四				羍
甲一二三三	命簋	石鼓		鹿
甲三六四二	善夫山鼎			山
前一·三五·六	鄭伯筍父鬲			姬
叔車軶	應公簋	石鼓		車
前四·三九·七	仲父盤			黍
	散盤	石鼓		道

邊方正緊密之原則,且將誤以爲二字;因以正字之橫畫著於日下之丨上。」

前二・三七・一		說文籀文		雞
後上一四・八	周南宮中鼎			鳳
京津二五・三〇	召伯簋			典
	靜簋			外
	杞伯簋			蛛
	班簋	說文籀文		城
前五・四・七	三年㝬壺			尊
	克鼎			芇
	畨生簋			芳
乙三六六一	毛公鼎	說文籀文		卤

附表五　造作（表中共 15 字）

甲 骨 文	金 文	籀文、石鼓文	小 篆	楷 書
京津一二七四	保卣			周
乙亥簋	頌簋	石鼓		章
	敔簋			卑
後下三・八	盂鼎			朝〔註1〕
	甬皇父匜			皇〔註2〕
前六・三二・一	甫人匜			甫
	毛公鼎			熏
戩四四・一三	毛公鼎			莆
乙三四〇〇	毛公鼎			易
前四・三〇・二	伯康簋			倗
後下二〇・六				葬
	咢矦鼎			咢〔註3〕
拾七・九				風〔註4〕

〔註1〕參見徐中舒編《甲骨文字典》第 731 頁：「從日從月且從屮木之形，象日月同現於屮木之中，為朝日出時尚有殘月之象，故會朝意。」又參見陳初生編《金文常用字典》第 679 頁：「朝字金文所從 ‖、╟、〰、為水及其變形。王國維以本潮汐字，借為朝夕字。╟ 等偏旁與舟形近，故小篆變作從倝舟聲。」

〔註2〕金文皇不從自從王，《金文常用字典》第 37 頁：「朱芳圃謂皇即煌之本字，其字下作呈，即鐙之初文，上作 小、艸、象鐙光參差上出之形。」說文：「皇，大也。從自。自，始也。」

〔註3〕金文咢不從屰，說文：「咢，譁訟也，從吅屰聲。」

〔註4〕卜辭用鳳為風。說文：「風動虫生，故虫八日而化，從虫凡聲。」

	雩 盂鼎（雩字）		粤	粤
寽 珠三二六	對 牆盤		對	對

附表六　歧分（除了前文所述的史、晶之外，還有下列 12 個字例，共計 14 字）

甲　骨　文	金　　文	籀文、石鼓文	小　篆	楷　書
甲一六四〇				社
京津二二二〇	利簋			吏
鐵一二・四令字	兔盤			命
前二・一三・三	盂鼎			師
甲七五二鄉字				卿
甲九〇				獲〔註1〕
甲六八				使〔註2〕
伯矩盂	簷矦簋			巨〔註3〕
	邾公牼鐘			鍾
京津三四五七				麥
前五・二〇・三	伯矩鼎			音
甲二二五 後下一九・九	毛公鼎	石鼓		夕

〔註1〕隻甲骨文象捕鳥在手之形，爲獲之初文，隻爲後起義，又卜辭中用隻表示獲。參見徐中舒編著《甲骨文字典》第 391 頁及第 1100 頁。

〔註2〕金文史與事、使爲一字。（參見陳初生著《金文常用字典》第 8 頁）後來，吏從事分出，又分化出使。

〔註3〕參見龍師宇純著《中國文字學》第 205～206 頁：「工必有矩，故即以象形之矩爲工字。說文所謂『象人有規矩者』，其意在此。……矩字金文所加夫字爲別於工字。其後有鑒於巨的形象可滿足別嫌要求，於是簡化而爲巨字。」說文：「巨，規巨也，從工，象手持之。」

附表七　轉注（除了前文述及的婚、娶、祐之外，還有下列 26 個字例，共計 29 字）

甲　骨　文	金　　文	籀文、石鼓文	小　篆	楷書
	丕召卣			丕
後下八・二豐字	豐何尊			禮
粹五○一	牆盤			祿
	克鼎			神〔註1〕
前一・九・六	猷簋			祖
佚八四三				祠
甲二五○九	我鼎			礿〔註2〕
前四・一七・五				禘
鐵六九四	彔伯簋			茲
	昌鼎			諾
	矢令彝			諸〔註3〕
甲五七三	牆盤			誨
鐵七・四	矢令彝			右
續五・一六・四	散盤			貞
乙三四○○	仲師父鼎	石鼓		箕
拾六・八				饗〔註4〕

〔註1〕說文：「申，神也」申爲神的初文，後來申表地支之一，其本義用神表示。

〔註2〕甲骨文借用勺字表祭祀名稱，金文加上與其假借義相關的「示」作「礿」專表祭祀之名，與勺的本義作區別。

〔註3〕金文借用者字，後來加上與假借義有關的「言」作「諸」，其情形與前文所說的諾字相同。

後下三九·六	何尊			國
	三年瘨壺			鄭〔註5〕
	史免匡			梁
後下四·一一	彔伯戈簋			伯〔註6〕
京津一〇二五	守簋			儐〔註7〕
鐵八一·三	頌鼎			作〔註8〕
存下九五六				雲〔註9〕
甲二一四	利簋			在
甲三五五	召仲作生妣鬲	說文籀文		妣〔註10〕
前四·六·六	頌簋			純〔註11〕

〔註4〕鄉的甲骨文字形之本義爲兩人相向而食,爲饗的初文。後來鄉字假借表鄉鎮義(參見季旭昇著《說文新證》上冊第529頁),其本義以饗表示。

〔註5〕甲骨、金文借用「奠」,後來加上「邑」爲「鄭」。

〔註6〕甲骨、金文借用「白」,後來加「人」爲「伯」。

〔註7〕徐灝《說文解字注箋》:「〈聘禮〉:君使卿用束帛勞賓,賓用束錦儐勞者。蓋使者之於鄰國,賓也;勞賓者之於使者,亦賓也。故受幣而以束錦勞之酬酢之義也。因其迭相爲賓,故加人旁以別之。」徐箋所舉《周禮》中關於「儐」之說,爲「賓」的引申義,後爲顯明引申義和本義之不同,加意符偏旁人作儐。

〔註8〕徐中舒著《甲骨文字典》第888頁:乍字甲骨文字形象作衣之初僅成領襟之形,有作衣之意。後更增人旁爲作。

〔註9〕雲字甲骨文本無从「雨」。後因云借爲語詞,故小篆增雨。

〔註10〕甲骨、金文假借「匕」爲祖妣之妣,後加上與假借義有關之意符「女」成「妣」。

〔註11〕甲骨文借屯爲純,後來爲區別假借義和本義,加上與假借義有關的「糸」爲「純」。

附表八　沿襲（共 7 字）

一 佚四三四	一 盂鼎	一	一
三 前一・七・二	三 大豐簋	三	三
八 前二・三二・四	八 旂鼎	八	八
∏ 乙二二〇	∏ 盂鼎	∏	冖
巾 京津一四二五	巾 元年師兌簋	巾	巾
二 菁三・一	二 盂鼎	二	二
	市 盂鼎	市	市 〔註1〕

〔註1〕 《說文》：「市，韠也。上古衣，蔽前而已，市以象之。……从巾，象連帶之形。」

參考書目

壹、專　書

1. 《說文解字》，許慎，商務印書館四部叢刊初編景宋刊本。

2. 《說文解字注》，段玉裁，黎明文化事業公司。

3. 《漢語古文字字形表》，徐中舒，文史哲出版社，台北，1988年。

4. 《甲骨文字典》，徐中舒，四川辭書出版社，1993年。

5. 《古文字類編》，高明，大通書局，台北，1986年。

6. 《甲骨文字集釋》，李孝定，中研院史語所，台北，1991年。

7. 《金文詁林》，周法高，香港中文大學出版，1974年。

8. 《金文常用字典》，陳初生，復文出版社，高雄，1992年。

9. 《古籀彙編》，徐文鏡，商務書局，台北，1980年。

10. 《常用漢字形義演釋字典》，王朝忠，四川辭書出版社，成都，1990年。

11. 《中國文字學（定本）》，龍宇純，五四書店，台北，1994年。

12. 《中國文字學》，唐蘭，文光書局，台北，1978年。

13. 《古文字學導論》，唐蘭，洪氏出版社，台北，1980年。

14. 《文字學概說》，林尹，正中書局，台北，1971年。

15. 《中國文字學》，潘重規，東大出版社，台北，1983年。

16. 《中國文字學》，孫海波，學海出版社，台北，1979年。

17. 《中國古文字學通論》，高明，五南圖書公司，台北，1993年。

18. 《中國文字學史》，胡樸安，台灣商務印書館，台北，1965年。

19. 《文字學概要》，裘錫圭，萬卷樓圖書公司，台北，1994年。

20. 《漢字形體學》，蔣善國，文字改革出版社，北京，1959年。

21. 《漢字學》，王鳳陽，吉林文史出版社，1989 年。

22. 《漢字學通論》，黃建中、胡培俊等，華中師範大學出版社，湖北，1990 年。

23. 《漢字的結構及其演變》，梁東漢，上海教育出版社，1959 年。

24. 《漢字的起源與演變論叢》，李孝定，聯經出版社，台北，1986 年。

25. 《漢字史話》，李孝定，聯經出版社，台北，1984 年。

26. 《古文字論集》，裘錫圭，中華書局，北京，1992 年。

27. 《古文字研究簡論》，林澐，吉林大學出版社，1986 年。

28. 《商周古文字讀本》，劉翔、陳杭等編著，語文出版社，北京，1989 年。

29. 《中國文字構造論》，戴君仁，世界書局，台北，1979 年。

30. 《沈兼士學術論文集》，沈兼士，中華書局，北京，1986 年。

31. 《殷墟甲骨文引論》，馬如森，東北師範大學，吉林，1993 年。

32. 《說文重文形體考》，許錟輝，文津出版社，台北，1973 年。

33. 《漢字漢語學術研討會論文集》，袁曉園，吉林教育出版社，1991 年。

34. 《古文字學初階》，李學勤，萬卷樓圖書公司，台北，1993 年。

35. 《中國文字結構說彙》，許逸之，台灣商務印書館，台北，1991 年。

36. 《象形釋例》，彭利雲，新文豐出版公司，台北，1983 年。

37. 《中國字例》，高鴻縉，三民書局，台北，1976 年。

38. 《文字學》，楊五銘，湖南人民出版社，1986 年。

39. 《文字學教程》，姜寶昌，山東教育出版社，1987 年。

40. 《甲骨文字學綱要》，趙誠，商務印書館，北京，1993 年。

41. 《古文字形發微》，康殷，北京出版社，1990 年。

42. 《漢字問題》，艾偉，國立編譯館，台北，1965 年。

43. 《漢字的文化史》，〔日〕藤枝亮著，翟德芳、孫曉林譯。知識出版社，北京，1991 年。

44. 《字樣學研究》，曾榮汾，台灣學生書局，台北，1988 年。

45. 《漢字例話》，左民安，中國青年出版社，北京，1984 年。

46. 《漢字的演變》，劉景林，山東教育出版社，1989 年。

47. 《漢字字體變遷簡史》，黃約齋，文字改革出版社，北京，1956 年。

48. 《小篆和籀文關係的研究》，陳韻珊，台灣大學中文所碩士論文，1983 年。

49. 《古文字學新論》，康殷，華諾文化公司，台北，1986 年。

50. 《比較哲學與文化（上）（下）》，吳森，東大圖書公司，台北，1993 年。

51. 《說文重要相關問題研究》，方怡哲，東海大學中文所碩士論文，1994 年。

52. 《說文讀記》，龍宇純，大安出版社，台北，2011 年。

53. 《說文新證（上）（下）》，季旭昇，藝文印書館，台北，2004 年。

54. 《一九四九年以來台灣地區說文論著專題研究》，蔡信發，文津出版，台北，2005 年。

貳、期刊論文

1. 〈廣同形異字〉，龍宇純，台大文史哲學報第三十六期，台北，1986 年 12 月。

2. 〈說文讀記之一〉，龍宇純，東海學報第三十三卷，台中，東海大學，1992 年 6 月。

3. 〈文字發展規律試論〉，周有光，語言文字研究專輯下，上海古籍出版社，1986 年。

4. 〈中國文字產生的時代和構造的方法〉，羅君惕，語言文字研究專輯下，上海古籍出版社，1986 年。

5. 〈釋古璽中從「朿」的兩個字〉，林澐，古文字研究第十九輯，北京，中華書局，1992 年。

6. 〈繁簡之外——對漢字演變律的省思〉，林明昌，從文字到文化——1992 海峽兩岸漢字及文化交流學術座談會論文集，台北，中華兩岸文化統合研究會，1992 年。

7. 〈從假借形聲論漢字體系的性質〉，張日昇，第二屆國際漢學會議論文集，台北市，中央研究院，1989 年。

8. 〈古代文字之辯證之發展〉，郭沫若，考古學報第三十七期，北京，1972 年 12 月。

9. 〈對漢字中「聲符兼義」問題的認識〉，王英明，孔孟月刊二十八卷十一期，台北，1990 年 7 月。

10. 〈論象意字的聲化〉，李維棻，大陸雜誌語文叢書第一輯第三冊，台北，1981 年。

11. 〈從近年出土文字史料看秦代書同文的基礎及其貢獻〉，陳紹棠，新亞書院學術年刊第 18 期，香港，1986 年。

12. 〈中國文字在秦漢兩代的統一與變異〉，馮翰文，學記第二期，香港中文大學教育學院院刊，1969 年 11 月。

13. 〈說文籀篆淵源關係論析〉，江舉謙，東海學報第三十卷，台中，東海大學，1989 年 6 月。

14. 〈說文籀文至小篆之變所見中國文字演變規律〉，南基琬，第三屆中國文字學國際學術研討會，台灣，1992 年。

15. 〈釋從天從大從人的一些古文字〉，于省吾，古文字研究第十五輯，北京，中華書局，1986 年。

16. 〈怎樣考釋古文字〉，徐中舒，古文字學論集，初編，香港中文大學，1983 年。

17. 〈累增字〉，戴君仁，台大文史哲學報第十一期，台北，1962 年。

18. 〈漢字的文化功能〉，詹緒左等，語言文字學月刊，北京，中國人民大學書報資料中心，1994 年 4 月。

19. 〈中國語言文字之文化通觀〉，申小龍，語言文字學月刊，北京，中國人民大學書報資料中心，1994 年 5 月。

20. 〈漢語漢字的深層文化意蘊〉，胡培俊，語言文字學月刊，北京，中國人民大學書報資料中心，1994 年 6 月。

21. 〈略述我國文字形體固定的經過〉，金祥恆，中國文字第二冊，台北，台灣大學，1961 年 1 月。

22. 〈當代轉注説的一個趨向〉，黃沛榮，第二屆國際漢學會議論文集，台北，中央研究院，1989 年。

23. 〈略論中國文字演變史例〉，王恆餘，大陸雜誌二十三卷四期，台北，1961 年。

24. 〈中國文字體類之演變上下〉，杜學知，大陸雜誌九卷八期，台北，1955 年。

25. 〈古文字的符號化問題〉，姚孝遂，古文字學論集，初編，香港中文大學，1983 年。

26. 〈《説文》古籀文重探──兼論王國維〈戰國時秦用籀文六國用古文〉説〉，林素清，史語所集刊第五十八本，台北，中央研究院，1987 年 3 月。

27. 〈古文字的形體訛變〉，張桂光，古文字研究第十五輯，北京，中華書局，1986 年。

28. 〈古文字的形旁及其形體演變〉，高明，古文字研究第十三輯，北京，中華書局，1986 年。

29. 〈古漢字的形體結構及其發展階段〉，姚孝遂，古文字研究第四輯，北京，中華書局，1980 年。

30. 〈中國文字演進之比較研究〉，黃尊生，學宗四卷四期，台北，三民主義研究所，1963 年。

31. 〈古文字分類考釋論稿〉，張亞初，古文字研究第十七輯，北京，中華書局，1989 年。

32. 〈怎樣認識甲骨文字〉，伍仕謙，古文字研究第十五輯，北京，中華書局，1986 年。

33. 〈古文字形態的動態分析〉，陳初生，語言文字學月刊，1994 年 3 月。

34. 〈再論古漢字的性質〉，姚孝遂，古文字研究第十七輯，北京，中華書局，1989 年。

35. 〈古文字義近形旁通用條件的探討〉，張桂光，古文字研究第十九輯，北京，中華書局，1992 年。

36. 〈漢字之製作及其特性（上）（下）〉，杜學知，大陸雜誌二十九卷六、七期，1964 年 9 ～10 月。

37. 〈漢字的簡化與繁化〉，黃沛榮，國文天地五卷二期，台北，1989 年 7 月。

38. 〈中國文字的衍化〉，江舉謙，中國文化月刊第 48 期，台中，東海大學，1983 年 10 月。

39. 〈漢字之演成與衍化〉，江舉謙，中國文化月刊第 109 期，台中，東海大學，1988 年 11 月。

40. 〈怎樣研究中國古代文字〉，徐中舒，古文字研究第十五輯，北京，中華書局，1986 年。

41. 〈略論《説文》中的省聲〉，陳世輝，古文字研究第十一輯，北京，中華書局，1985 年。

42. 〈甲骨文異字同形例〉，陳煒湛，古文字研究第九輯，北京，中華書局，1984 年。

43. 〈漢字的字根與偏旁〉，杜學知，東方雜誌復刊一卷七期，台北，台灣商務印書館，1968 年 1 月。

44. 〈文字孳乳之研究（上）（中）（下）〉，杜學知，大陸雜誌三十一卷二、三、四期，1965 年 7～9 月。

45. 〈異體字滋生之因試探〉，曾榮汾，孔孟月刊二十三卷十期，1985 年 6 月。

46. 〈中國文字體類之演變（上）（下）〉，杜學知，大陸雜誌二十六卷六、七期，1954 年 10～11 月。

47. 〈關於古代字體的一些問題〉，启功，語言文字學月刊 1994 年 3 月。

48. 〈形聲字形符之形成及其演化〉，許錟輝，第二屆國際漢學會議論文集，台北，中央研究院，1989 年。